我的导盲犬朱尔

[法] 迪迪尔·范·考韦拉尔特 著
李珂 译

新星出版社 NEW STAR PRESS

新经典文化股份有限公司
www.readinglife.com
出　品

以前我一直不相信一见钟情，然而当我在人群中看见她的时候，曾经的信念就烟消云散了。她踩着淡黄色的细高跟，穿红色的迷你裙、青绿色的上衣，迷雾中依然引人注意。她戴着一副黑框眼镜，走在一只拉布拉多犬的后面，小心翼翼的样子像是身份即将暴露的明星。金红色的头发随意地盘成一个发髻，胸部在几乎透明的内衣里自由地跳跃，暧昧的微笑拉长了她的红唇，这个光彩夺目的盲人让人怜悯之余，心生情愫。

她在我面前停了下来，微微嗅了一下空气。她的狗也停了下来，如同口译者锁定听众开始翻译一般，向我转过身。它的主人对着空气跟我说话："您好，我要焦糖、甘草、塔伽达草莓软糖[1]口味的马卡龙各一个，谢谢。”

这真是从三十岁的身躯里发出的孩童之音啊，欢快高扬又不失性感地点出了我这里的特色口味。而我，四十二岁，拥有生物化学和天体物理学的双文凭，如今在巴黎奥利机场二楼出发层卖马卡龙，猛地有这样的艳遇，我还挺庆幸自己当前的这个社会角色呢。

说说我自己吧。

在这个机场，我身处要塞，穿着巧克力色的外衣，戴着淡绿色的橄榄帽，被安置在墨绿色的马车状柜台里。有一次，我母亲从阿尔代什[2]度假归来，偶然发现我的这份新工作，黯然离去。她仅有的评论是从出租车里给我发来的短信：我说，你至少要提前告知一声吧！

我说：“你怎么会在机场？你不是通常坐火车的吗？”

她回答：“那还是我的错咯。”

于是我默不作声了。我发明的抗污染程序本来可以给我带来百万元的收入，而我，却硬生生地被曾经的爱人赶

①德国著名软糖公司 Haribo 出品的草莓形状软糖。

②法国东南部省份。

出公司，抢走我的专利。我没有反击，我始终相信爱情不应该夹杂着公证人和律师，哪怕是结束一段感情，也应该封存一段美好的回忆，这就是我母亲所谓的“任人践踏”，不过我已经超脱了。在她发现我在拉杜丽甜品店做合同工之前，她所认识的我赫然是一家绿色化肥公司的总监，月入三万法郎，此外还是每页三欧元稿酬的科学著作译者，在尚蒂伊城堡时不时赚点小费的导游，某个环保组织的志愿者。后来我在巴黎勒阿尔市场里把玩了些兰花，居然被罚款五千欧元，牢狱之灾当头，我问她借了这笔巨款。作为她不顾一切收养的弃儿，在我身上的投资回报率显得极低。

“只有普通的草莓口味哦。”我说明道。

黑眼镜朝我声音的方向转过头：“您确定吗，我闻到了塔伽达的香味，你们像花店一样任由花香挥发吗？”

我很愉快地逮住了这个交流下去的机会，正想要换一种年轻的声音回答。她说：“那这样吧，一个焦糖，两个甘草，我在这里堂吃；十二个橘子花口味的装起来给我的狗狗吃，这是它最喜欢的口味。”

“它叫什么名字？”我问道。

“朱尔。”她微笑着抚摸着它沙色的毛皮。

“朱尔，你现在想要一个来自拉杜丽的礼物吗？”我问。

“它不会回答你的，它在工作呢。”

突然间我说不出话来，这是个我所见过的最绝无仅有、不可分离的结合，让我既兴奋又悲伤，在我说不好意思的时候，狗的主人发现了我语气的异样：“它很清楚，只有我给它解开导盲鞍时，它才能吃东西。”

“那您一定给了它很好的训练。”

“主要是它很忠诚，它必须对我负责。”她的语调中俨然透着拉布拉多犬立场上的自豪感，给了我当头一棒，我连对自己负责都不能保证。我的周遭也是，我母亲坚如磐石，我父亲断绝亲情，而我生命中的女人都不要孩子。

拉布拉多犬紧紧地盯着我看，我竟产生出一丝对这个美女卫士的妒忌感。我把目光转移到它主人丰满的胸部上，她把手伸进钱包拿信用卡，不料出租车票掉落在地，她俯身去摸索，那毫不受地心引力干扰的紧致胸部随着这一系列动作起起伏伏。我没有时间走出柜台帮她捡，狗早就窥探到她的一举一动，用爪子把票推到了主人手中。我接过她的信用卡，上面写着爱丽丝·嘉丽安，我的心紧紧地抽了一下，想到了比利时创作歌手布雷尔的一首歌：让我成为你手的影子，你狗狗的影子……我这个所谓的对“真实生活”闭上眼睛的人，宁愿睁开双眼去充当她的明目。

当下我能做的就是拉长打包马卡龙的时间，来欣赏她青绿色胸部的美感和享受她带给我的莫名兴奋。然而，包装纸缓慢的沙沙声让她警觉地发现了，她用两根手指轻轻拍了下手表：“我们要去登机了，不一定要装成礼盒装。”她用一种淡淡的遗憾温婉地说。

我不由自主地脱口而出：“你真漂亮！”

“谢谢你的诚实，通常男人总是从恭维朱尔开始的。”提到朱尔的名字，它马上用一种雄性的威慑力瞪着我——或许是我在柜台后血脉偾张的下半身反应，让我把持不住地把狗拟人化了。

她继续说：“可能是我的一己之见，您不像您声音的主人，商人总是很温和的，现在我却感到有点紧张。”

我完全置工作状态于不顾，介绍自己说：“我在叙利亚出生，父母不明，被法国夫妇收养。”

“哦，我明白了。”

我把马卡龙给了她，不知道她这样说是同情还是出于某种种族问题的考虑。

“十点二十五分去尼斯的飞机准点吗？”

我说是的，二十号厅，我很想陪她去，不过看着她背后长长的队伍，而且上次因为在柜台看宇宙天体图被店长发了一个警告，我没有采取行动。即使没有客人，我也要呆呆地站在这里。合同上明文写着：在工作时间看手机或者打电话，属于重大错误，予以警告，有随时被解雇的可能。

无奈，在科学作品出版不景气的危机中，如果再失去这份从天而降的工作，我都不知道怎么支付房租了。

我刷了她的信用卡，向迎面走来的法航工作人员示意，把我这位美丽的顾客交给他们，心里沉甸甸地看着她消失在一群焦躁的旅客中。

其他顾客陆续光临，身边催促声不绝于耳：“麻烦快一点，您六只装的礼盒里有几种口味？”

在机械地回答下一位戴着IBM胸牌的顾客前，我忍不住跟盲人美女说了最后一句话：“旅途愉快，女士，塔伽达是个时兴口味，已经卖断货了，不过我可以要求补货，您很快会回来吗？”

虽心系美女，但我没有机会进一步搭讪打听了。况且有什么用呢，如此美妙的女人一定有她的男人，这更加激起了我把她追到手的欲望。

我用空洞的眼神，程式化的微笑，和本不该有的折扣完成了一项项销售。

我这个人总是时运不佳，爱人背叛我，知识产权被盗，爱情和事业可是社会生活的原动力啊。我现在是一无所有、只留下一丝复仇心的受害者。如今，我麻木地享受着一个个美丽的暮色、生物学的智慧、巴赫的《康康舞曲》和妓女的床上功夫，倚着我窗边生长的常青植物，沉迷于不可破解的宇宙大爆炸理论……对于我这种心死的人，这些微不足道的小快感替代了所有的幸福和折磨。为什么对一个残障人士的喜爱，一下子让我对这昙花一现的点滴舒心感到难受和羞怯?

当年我起步阶段还是很不错的。大家都把我当成一个移民，其实我首先是个文学产物。当年我蹲守在大马士革[①]的法国领事馆外的垃圾桶旁几个小时，直到门卫倒垃

①叙利亚首都，也是全世界有人持续居住的最古老城市之一。

圾时发现了我。艾丽安娜·德弗雷吉，文化专员的妻子，经历了一番周折收养了我，并冒险把我带出了叙利亚。

为了纪念我的“出处”，她叫我孜巴尔，因为阿拉伯语中，垃圾桶的发音就是孜巴尔。她还发挥了充分的想象力，说我生父是个贝都因人[①]长官，因为通奸罪把我生母休了，我母亲被赶出了部落，为了给我一个坦荡的未来，在垃圾通道中把我交付给了法兰西共和国。我十三岁时，养母的小说《孜巴尔，垃圾桶的孩子》获得了费米娜奖[②]。大家对书里的主人公议论纷纷，小说中“我”是个被收养的巴黎政治大学毕业的贝都因人，为了报答法国养母呕心沥血的养育和栽培，揣着文凭回到了大马士革，不顾当地政府阻挠，发起了民主萌芽运动。在书里第四百三十八页，他英勇牺牲了，留下三儿一女，女儿立志要做巴黎的叙利亚大使，并把父亲的生平写了下来。

事实上，我作为小说的原型，上了大学后，并没有沿着小说中的“辉煌道路”走下去，我根本没有离开过法国领土，我的生活丝毫没有受小说情节的影响。

---

①指分布在西亚和北非沙漠地带过游牧生活的阿拉伯人。

②法国著名文学奖，评审委员会全由女性组成。

人们的喧嚣把我从游离的思绪中拉了回来。

“他妈的，用心看着点！”顾客看我磨蹭着，谩骂起来。

我拿着个空盒子，耳朵远远地伸向了二十号出发厅。

“朱尔！”爱丽丝喊道，“放开它，你们给我住手。”

“你是要换个盒子给我装马卡龙还是要干吗？”顾客见我停下了更不耐烦了。

我做了个手势让那白痴给我闭嘴，年轻女士的叫喊在一片喧闹声中愈演愈烈，我毫不犹豫地跳出了柜台，冲向二十号大厅，前往尼斯航班的接驳车前熙熙攘攘挤满了人，让人联想到老佛爷百货店开门的场面。挤过一群人，我看见两个乘务人员拽着朱尔的项圈硬把它推进了笼子，另一个乘务员神经病似的跟爱丽丝重复说：飞机已经满员了，乘务长说动物只能和行李一起上托运舱。

“但是这条狗不行，它是导盲犬，你们可以检查它的名牌和证件，二〇〇八年起欧洲法律是允许导盲犬上客舱的！”

“但是飞机满座的时候不行，这是机长的命令。”

我向人群吼了一声：“不对！”

人们向我转过头来，执法的乘务员气愤地望着我的制服，扬起了眉毛，“拉杜丽小子，到底想怎样？”

“请遵守规定，这位小姐说了欧洲法律……”

“请回到您的柜台去工作，好吗？我这里要处理的问题已经够多了！”

“如果你继续要用这个语气说话，那我们就没完了。”

“您这是故意找麻烦吗？”

带着满腔委屈和屈辱，我奋起反抗，二话没说抓着他的小领带，把他从地面上拎了起来，摇晃着这个固执的家伙，大喝道：“二〇〇八年的欧洲法律凌驾在机长命令之上！你去跟你的机长讲道理去，或者我去告你藐视法律，你等着被罚钱吧，那时候就太晚了！”

空警和边防警闻讯赶来，平时每天我要在他们休息抽烟的时候“喂”他们三次马卡龙，他们看见我在闹事惊呆了，我跟他们解释了事件的原委，他们给那笨蛋开四百五十欧元罚单的时候，我赶忙冲上去把行李传输带上关朱尔的笼子打开。朱尔冲出笼子向我拥来，差点把我掀倒了，它猛舔了我几下后直奔主人爱丽丝。爱丽丝拎着项圈，不知所措，跟堵塞滞留的旅客们询问了几句。

我去安抚爱丽丝，帮她拾起冲突中打翻的马卡龙。局促不安中，她感谢了我，从包里拿出一张名片递到我右手上。我赶忙把名片塞进口袋，并祝她旅途顺利，我们晚上再联系。

一个戴着袖章的年轻人推着轮椅赶过来，把残障人士送去安检，这个小事故总算是告一段落了。我向朱尔挥手道别，它晃着脑袋盯着我看，似乎没搞明白为什么我解救了他俩，却又匆匆离开。

带着些许感伤和激动，我回到了自己绿色的岗位，我的上司已经手叉着腰站在那里等着拷问我了。

“到底为什么擅离职守，德弗雷吉？”

我用食指敲了敲他胸前的名牌，不客气地说：“你要感谢我才是啊，不然对残障人士的安全视而不见，对品牌有害无益啊。不信你可以问警察。”我边说边绕着他走了一圈，排队的人本能地往后退了一步。

大学里修的三门军事艺术课程，让我有种自然流露威严的能力，一般我都不爱声张。不过这种病态的盛气凌人的快感总能在体内停留三日之久，有时候，知道对手太弱而放弃斗争，倒也是另一番满足。

那天剩下的时光平淡无奇地过去了。爱丽丝的美妙形象和朱尔炙热的感激神情在我碌碌无为的阴郁生活中甜甜地开出了一朵花。

马卡龙店打烊后，我终于可以坐下来，拿出那张自十点十五分起静静地躺在口袋里的名片。我闭上眼睛，重新勾勒起爱丽丝的模样，想象着她香水的气味，依稀记得是带着无花果味的茉莉香。这张冷冰冰的名片上却只有一股薄荷味和打印机的味道，我睁开了眼睛，看见上面赫然写着：

汇丰银行蒙马特支行

尼古拉·布隆 客户经理

我在包包外侧袋找口香糖时，手指不经意间摸到了一把名片，可我找不到自己的了！糟糕，原来我忘带了，错把昨晚公车上搭讪我的那个客户经理的名片给了马卡龙先生。口腔里泛出刚喝的低糖可乐的味道，喉咙里不由地冒出个声音跟自己说：我就应该注意到自己的名片是立体打印的才对啊。

算了，也好。如果真要去向马卡龙先生致谢，可以回到机场主动找他。现在，我对“回程”两个字充满着恐惧、梦想和未知。

我不想耽误起飞时间，由着他们用轮椅把我推去登机。我把导盲鞍给朱尔佩戴上，这应该是唯一可以缓解它刚刚受惊吓的方法——对一只导盲犬来讲，没有什么比强行把它跟主人分离更受伤的了。

朱尔跟拉着雪橇车似的，拖沓地尾随在我轮椅后，时不时往回走几步。我能感觉到，它被各种通道和不寻常的障碍物搞糊涂了。推轮椅的人调节了下轮椅减轻震荡，一旁的朱尔还是不能平静下来，在陪伴我的七年里，它已对我了如指掌，带我坐了二十多次飞机，却被今天这荒唐的突发事件彻底搞懵了。让我更加不安的是，其实这三周它有点反常。自从我确定了手术的日期，气氛一下子变了，它一贯任劳任怨的顺从，被喜忧参半的不安取代了。它会蹭我、抚摸我、缓解我的焦躁，然而它不知道该怎么应对我骤然升起的希望，毕竟从来没有人训练导盲犬去适应一个复明的主人。我想尽量给它个思想准备，不过这个信息我无法让它接收到。

上了飞机，空姐表扬了下朱尔，并给它指明了我的座位。当值时，它对这种赞扬都会置若罔闻，一丝不苟地找到座位，把安全带拎出来，放在我面前，我听到了熟悉的金属搭扣声。我坐下后，解开了它的项圈，伸开双腿让它蜷进座位底下，它把自己蜷成球状，努力占用尽量少的空间。每年圣诞节，它和我一起在父亲家坐雪橇就是这个姿势。

我吞了一片药片压压惊，即将面对的角膜移植手术有百分之六十五的成功几率。人体角膜移植的排异反应不大，不过肯捐献的人越来越少。我一度在等候名单的第三百十二位，当时发生了一件大事，一个被割角膜的死者家属以非法处理尸体为由把医生给告了，一审判决还胜诉了，这场官司毁了成千上万个盲人的希望。从那以后，除非死者家属在四十八个小时内同意捐献器官，医生都不敢擅自动用角膜，然而四十八个小时之后，角膜就没有用了。如今，人造角膜也能做到十分完善，据皮奥乐教授说，它们完全适用于我这种失明人士，我没有必要苦苦等待人体角膜。

于是我决定选择阿法索人造合成角膜，我很清楚会面临排异反应，但社会保险能承担这笔手术费用，当年我等待人体角膜时，事先说好是不能报销医疗费的，包括结膜弥补手术的费用也要自己承担。而更加幸运的是，法国电台知悉了我当年的报销申请被社保部门拒绝了，现在打算资助我的手术。整个电台的员工集资，号称“把光明还给世上最美丽的嗓音”，电台台长为此还爱心满满地在复活节给我办了个惊喜派对。我被这集体的温暖惊呆了，我平时只是播报个时间、说些节目间的串联词、通报一下高速公路的堵车现状而已啊。他们的慷慨解囊让我后天就能把这个海绵聚合物植入眼睛，一切顺利的情况下，它和我眼睛的细胞贴合不用四十八个小时，我便能重见光明、色彩和这个缤纷的世界，至少可以恢复到两个月婴儿的视力。

我心甘情愿去承担这个风险和副作用，以及种种不确定的未来。我害怕的是，眼前即将看见的人们，是不是和我十七年失明期间所想象的一样美丽呢？一直以来的生活乐趣将以怎样的形式继续存在呢？现实和梦境中塑造的画面会有怎样的出入呢？

朱尔用鼻子蹭了蹭我的左腿，我给了它一个马卡龙吃，不由想起了拉杜丽的英雄。我不喜欢人们的怜悯，但我无法抗拒他这种英雄救美，他冲上去教训那个法航的家伙着实让我欣喜，他还真像是装扮成甜品售货员的白马王子，我承认，我为之倾心。

我在想，他到底是什么样子的呢？很奇怪，两次听到他的声音，对他外形的想象完全不同，我原先以为他是个在巴黎北郊一带混迹的阿拉伯人，号称自己是叙利亚来的。后来，当他在候机大厅为我据理力争时，我觉得他是个头发浓密的沙漠王子，一个不巧出现在城市中的游牧者，一个被困在机场的老战士。一个四十多岁一无所有的人，却不放过任何机会帮助别人，这些真切地感动着我。他说话得体，即使在激动的争吵中，句法都很正确。他一定很性感吧，不过这个无关紧要，我需要做一点眼部练习了。

我每十五分钟收缩转动眼球五次，中间间歇一下，换下转动方向，给眼睛补水，这样能增加眼球的柔软度和灵活性，为手术做准备，貌似会缓解日后的排异反应。这种奇怪的运动仿佛让我脑子从脑壳中游离出来，被浸在水里。

我精神变得难以集中。刚刚吃的药丸可没有写明有这个副作用，我想做爱。就在上周，我任凭自己的想象驰骋，把脑袋里不断浮现的象征主义图像画了下来，弗雷德看着我的画布，我得意地吹着口哨跟她说："很色情，很美妙吧。"我很清楚我脑海中勾勒的画面，不过我不知道人们怎么看我留在画布上的形态。其实，只要有人跟我说我的画振奋人心，我就会很开心，反之，我会难过，我就是这样一个脆弱的人。随着手术临近而产生的性欲，或许就是内心艺术暗示的信息。接着会发生什么呢，移植手术会成功吗？

我没让弗雷德送我去尼斯，她和我父亲总是处不来，我不想面对种种尴尬的场面。我甚至没让她送我到奥利机场，我没法面对她撩人的抚摸、充满正能量的拥吻、拙劣地隐藏在各种调侃中的担忧，是的，我确实害怕，我不想故作镇静。

没错，我爱弗雷德，然而，起飞时我意识到这不是因为她迷人的抚摸，这跟那个卖马卡龙的倒没什么关系。我只是有一种预感，回来的时候一切都会改变，对此我有一种莫名的兴奋，和当下的忧虑喜忧参半地占据了我的心。

遇到女神的第十三天过去了，她的样子在我心中渐渐模糊起来。在奥利机场一见钟情后的第二天，我打电话到汇丰银行，以爱丽丝·嘉丽安的名义找尼古拉·布隆，这位客户经理三秒不到就接起了电话，我们的交流一度无法进行，他在等我转接给爱丽丝，而我在等他给我爱丽丝的电话。

“我不认识她啊，我只知道她的名字，是她让您打电话给我的吗？”

“不是，她无意中把您的名片当成她自己的给了我。”

“那就还给她啊，不然您想要她怎么联系我呢？”

“我不知道怎么联系到她，我以为您知道……”

他确实不知道，我们就像两个傻瓜一样挂了电话，难不成女神给她遇到的每个男性都制造了一点麻烦？

打从那天起，每当有尼斯飞来的航班，我卖马卡龙的时候，都会扭着脖子死死地盯着电梯，如果她想要重新给我名片或者买马卡龙，奈斯派索咖啡机店和信箱之间的通道是必经之路。她一出现，我就打算带着橘子花和塔伽达草莓软糖味的马卡龙盒子向她奔去，我每天早上都暗暗准备一盒，希望它可以给我带来重逢的好运。

每天晚上，我会到电梯对面的小吃店边吃东西边做翻译。二十三点三十分时，我把当日给爱丽丝准备的马卡龙盒子赠送给邻桌的人，下楼去停车场取雷诺坎格的旧车——这算是昆德林给我的解雇补偿。我回到黛摩比尔路五楼没有电梯的小窝里，这是条自十四世纪以来就被世人遗忘的小路，紫藤和金银花藤蔓缠绕在一起，垂在坑坑洼洼的石板路上，这是世界上我唯一觉得岁月静好的地方。

昆德林把我解雇后，我就不看贝都因文学了，搞了岳趣牌的特大号帐篷住在尚蒂伊城堡的花园里。白天，我是个森林管理员，在这期间，我对花花草草的世界了如指掌，并且了解了奥马尔公爵[①]的生平，一八八四年时他把这座城堡捐献给了法兰西学院。尚蒂伊城堡协会的现任秘书贝尔通夫人，出于对我学识的赏识，也因为看到我在潮湿的帐篷熬出了气管炎，加上对我被解雇的悲惨命运心生怜悯，于是把她死去丈夫的办公室租给了我，那是一间十六平方米的法兰西第二帝国时期装修风格的屋子，她丈夫曾经是奥马尔公爵的忠实粉丝。她说，这样也好，她丈夫可以一直听到有人在他的地方走来走去。作为对她这间房屋微薄月租金的补偿，我只需要和摆放在玻璃桌上的四百三十九个骑兵雕像共处一室，每三个月给他们擦一次灰，这些骑兵是当年奥马尔公爵带兵远征阿尔及利亚、占领阿卜杜卡迪尔的阵容，队形不能弄乱。我假装欣喜若狂地接受了这项任务。

在他桌上“阿尔及利亚战场”的空余处，我放了些酸奶和电焊条，研究乳酸菌酵母的化学反应——这是一个生物学高材生的论文题材，我还抱着有一天可以攻克它的希望呢。余下的时间，我在浴缸里种了些草药，想要整出一

①法国国王路易·菲利普的儿子，曾经是尚蒂伊城堡的主人。

些抗癌分子，只是外面的实验室对我的研究毫无兴趣。我还翻译一些关于黑洞、时空、细菌实验等科学发现的英语或俄语资料来赚点外快，支付生活开销。我继续追寻梦想，研究推演着一些没有出版过的应用理论，我很期盼可以拿到拥有知识产权的专利，这样就可以给昆德林点颜色看看，她对我的无情无义反而让我后半辈子成就了年轻时的理想。

唯一的苦恼，是楼上早晨六点到八点，和下午五点到七点，黑人清洁女工昆巴发出的噪音。她伺候的客户都是那些位高权重又吹毛求疵的高级官员和公务员，她必须按要求，在他们上班前和下班后打扫卫生，楼里的住户都善意地容忍了，照她的话说，她的收入不但可以毫无压力地付自己的账单，而且还能给巴黎理事会预支老房子的修缮费用。

她下班后，常会来跟我一起分吃炒蛋。她是个高大的黑女人，常常让我听写她写给马里家人的信，为了感谢我，她会使点手上功夫，一解我男人的欲火。事实上，她是唯一懂我的人。她尊重我摆了一桌子的插着电焊条的酸奶。我是个有学历的人：我知道自己在做什么。世界上有马语者对着马耳朵喃喃细语，而我的“说话”对象则是酸奶。对她来讲，这都很正常，只是不同人感兴趣的话题不同罢了。

我跟她提起爱丽丝，她在胸前画了一个十字：“你想要搞一个盲人，你给她点燃希望，却没有权利破灭希望！好好想想吧！”

她几乎是咆哮着让我“好好想想”，像是一个企图触及我心房的神圣警告，让我惊愕。之后她的语气缓和下来，神叨叨地摸着我的脑袋，开始抽扑克牌，平静地说：“她从哪里出现的，就会在哪里再现。”看着抽到的一串草花扑克牌，她预言道。

尼斯回巴黎航班的乘客必定经过我的马卡龙贩卖车，而我已经翘首以待了整整两周，一定是她把我忘了吧。或者，她是在我周二休息的时候回来的。我跟昆巴哀怨说，我再也看不到我那美丽的盲人了，她说：“我都跟你说了一百多遍了，上帝不喜欢看到我们灰心。”

我们关于神的讨论总让我很不自在，甚至有点厌烦。宗教方面，我母亲给了我选择的权利，不过我还是更喜欢读儒勒·凡尔纳和大仲马。动物生物学让我成为素食主义者，我天文学的导师郑春顺[①]把我领进了佛教的世界。

“别忘了你的名字是垃圾桶的意思，连科特迪瓦第一位总统乌弗埃 - 博瓦尼的名字都是垃圾的意思呢。名贱人贵，懂吗，这样你可以远离厄运，说到底，你是个幸运儿呢。”

我默认了，她随口叫我蒙西，这个小名挺适合我的。别瞧她硕大的身材和不随和的外表不怎么讨喜，却算是我的贵人。五个月前，我手头已经很拮据了，却还乐此不疲地往返于国家工业产权学院交材料，陈述我各种想法的时候，在我家同一个楼层，我遇到一个高大的秃子一边下楼一边铺地毯，我插入钥匙开门时，他说：“对不起，噪音有点大。你的清洁工朋友跟我提过您出奇的交流能力和对奶制品的非凡认知，如果你感兴趣的话，南奥利机场有个促销员的职位空缺。你去拉杜丽甜品店，迈德集团的人事处，求见店长，他知道的。”

就这样，没有在社会再就业办公室受任何气，这黑人女人就给了我，一位四十多岁的失业工程师，搞到了个当下的法国就业市场再好不过的工作。

---

①美籍越裔著名天体物理学家、科普作家，是虔诚的佛教徒。

不期而遇之后的后会无期，总是伴随着凄美的遗憾，我尝试着去封存关于爱丽丝·嘉丽安的记忆。一个周五早上的八点十分，我刚摆好了马卡龙柜台，身后熙熙攘攘来了很多人，等我转过身，人群就朝我猛扑过来，把我掀倒在我柜台前。

我很惊讶。我从来没有想过我生命中最美好的瞬间会乐极生悲。

一切都进展得很顺利。父亲在机场翘首以待地迎接我，他的新越野车比之前那辆还好。我们在俯瞰瓦尔伯格[1]的小木屋露台上吃了午饭，一般我们只在冬天才来这里。手术是皮奥尔教授给我主刀，他曾经是我母亲的追求者。我被安置在一家大学附属医院做手术，阳光暖暖地照射在脸上。朱尔知道，当一群白大褂围着我的时候，就轮到它放假了。它接受训练的重要一课，根深蒂固地植入它的“卫

①阿尔卑斯山脉南部的滑雪胜地。

士脑”中的一件事，便是把主人安全地委托给别人。在白大褂围着我的时候，它可以毫无顾忌地跟父亲和他的新朋友去卡涅[1]海边或者西昂山谷[2]戏水。

手术很顺利，没有痛苦，也没有麻药的后遗症。当天晚上，我就可以隐隐约约看见眼前移动的物体了。次日早上六点，护士听到我的叫声赶了过来。我热泪盈眶，哽咽地跟她说，墙是米色的，墙上的长方形画框中画的是落日下的一匹棕红色的马，棕红色，棕红色的……新生的视觉让巨大的信息涌进脑海，让神经面临难以承受之繁杂。我渐渐地平静下来，心中的波涛汹涌被温暖的幸福感取代。我的生活在有色彩的世界里重生，想来还是高考那年，那一剂盐酸让我在十五秒中瞬间失明，岁月匆匆，恍如隔世。

第二天是场噩梦。他们给我做了检查和分析，我的视力在不断进步中，尽管我不戴墨镜看沙粒的时候还有点眩晕，考虑到床位原因，皮奥尔教授还是决定让我出院了。医院停车场里，父亲正在和朱尔玩耍。他看见我时，把球扔给我，我一把接住球扔向朱尔。朱尔冲过来，跳起来搂

---

①位于法国东南部的临海小镇。

② 法国普罗旺斯 - 阿尔卑斯 - 蓝色海岸大区内瓦尔江西边的山谷。

住我的脖子。我笑着看着它的眼睛，蹲下来。

“我的狗狗，你好漂亮啊，比我想象的漂亮一千倍！”

它向后退了一步，尾巴垂了下来。我屏住了呼吸，伸开双手迎接它扑进我的怀里，过了漫长的十秒，它才抖抖索索地向我靠近，警惕地嗅着，围着我打转。它使劲闻着我身上的味道，伸出舌头想要舔我，还没舔到便战战兢兢地缩了回去。它目光里透着矛盾的困惑，身体微微颤抖。我突然想起了雷内，我们电台的门卫，他喉癌化疗回家后，他的西班牙斗牛犬一直不理他，直到听到他的声音。对狗狗来说，主人跟变了个人似的，尽管它能辨别出气味和样子，但终究是换了一个人。我的拉布拉多犬也是这样的，一个会独立走路、自己能开门、接住抛过来的皮球、看着它眼睛的爱丽丝，已经不是它之前认识的爱丽丝了。

它猛然奔回父亲的汽车，用爪子挠着车门，父亲赶忙尾随其后帮它开了车门，它一头扎进后座的一堆渔具之中：鱼竿、脚蹼、渔网——我的天哪，这些我记忆中的物件都如此鲜活地映入眼帘。朱尔衔着导盲鞍回到我身边，把它放在我脚边，这不是一个礼物、一种敬重或者是仪式，对它来说，这是个命令。

我拾起了导盲鞍，复制着以前的动作，摸索着给它戴上。我站起身，等着朱尔带我走向汽车。它尾巴本能地摇了三下，紧贴着我的左腿，我紧紧握着导盲鞍的操纵杆，闭上眼睛——这样更容易装成以前的样子，它把我带到汽车处，我假装摸索了一番车门，故意摸错了把手，它竟没有指出我的错误。

次日醒来，它似乎已经忘记了昨天发生的事，对它来说，就是一个噩梦吧。我凝视着它，抚摸着它，又无情地把它带回了现实，它从床上跳下来，径自走到了它自己的狗篮子里蜷缩了起来。

它就是不愿意出来。烧烤的香味、邻居家的猫、牛群的铃铛声，它都置若罔闻，它的世界已经失去了运作规则，它什么都不想听、不想看。直到第二天夜里，它才愿意坐到我的床上，我哭着拥抱它，跟它说我还是原来的我，还是一样地爱它，复明是件神奇的事情，但是我们之间什么都不会变。我知道这只是个善意的谎言，我不会变回盲人，朱尔也没有理由再待在我身边了。

我希望回到巴黎，熟悉的环境可以让它回归正常，恢复它一贯的警觉机敏、胃口和欢乐。尽管我没有主动要求，我依旧享受了盲人的待遇，坐着轮椅优先登机。然而，朱尔不配合我，狗狗很聪明，一点都忽悠不了。它感觉到我能自己搞定，再也不需要它了。它已经停止充当我的眼睛了，不需要再为我做出反应，预估各种可见的障碍和距离，它不再牵着导盲鞍的操纵杆带着我向前走了，我拉它时，它才会走，就像一个被动退休的人，不再做任何贡献，任由自己毫无作为地存在着。

在奥利机场的自动扶梯上，它自说自话地坐了下来，而不像以往那样警惕地站着，随时准备提醒我最后一格楼梯到了。突然间，它站起身，前爪伸向自动扶梯滚动的橡胶带，盯着出发大厅里淡绿色的马车状柜台，长长地伸着脖子，开始哼哼。一块大型广告牌挡住了它的视线，它还企图沿着自动扶梯逆行上楼，我拉住了它。它一定是在找那个把它从笼子里救出来的马卡龙店员吧，但现在不是时候啊，我们还要下楼二十米去到达大厅，弗雷德一定已经在人群中等我们了。

马上要见到交往六年的情人了，想到我们共度的无数个周末，在我脑海中，是她对我的爱慕，给她的样子贴了个标签，储存在记忆中，如今要真真切切见到她，我还确实心潮澎湃。我故作镇静，过去点点滴滴的印象总是束缚在对她的香水、她的抚摸，以及我们肌肤之亲的感觉上。

"瞧我现在都老了。"弗雷德说。

我还需要戴八天墨镜，还有一点时间让自己沉浸在模糊的世界里。

"你觉得自己怎样？"

这问题问得还真有点奇怪，却正中我下怀，我很满足地软软地回答说，我觉得自己很漂亮，确切地说，性感迷人、容光焕发。我已经不再是以前那个不懂事的少女了，当时泛红的脸上总带着自我感觉良好的神情，被班上的同学取笑，又难免怯生生、傻里傻气的。第一次看着镜子里自己，虽然有些雀斑，而且眼睛还没有办法完全对焦，但是我对自己很满意，是的，准确地说，我不是重新认识自己，而是重新发现了自己。我知道，我曾经就是一个残疾的女人，然而，我希望弗雷德可以爱上这个别样的我，一个无关过去，依托在我们共同记忆之上的我。没有曾经盲人特有的依赖和信任，我们之间会变成什么样子呢？我们感情依旧，而我需要重新调整我们的关系。

“我们把狗放回家，然后去庆祝一下，我的天使，好吗？我已经在埃菲尔铁塔那里订了一个像样的餐厅，让你看见整个巴黎。”

“我们换一天好吗？我头疼，而且朱尔也不太舒服。”

“那好吧。你马上要失业了，”弗雷德摸着朱尔胸前的毛打趣地说，这是她惯用的语气，“你们想要单独睡，对吗？”

“我不是这个意思啦。”

“我知道，我明天要一大早起床，去拉个皮，作为我送你的复明礼物。”

她哈哈大笑，我礼貌地报以微笑。我不是笨蛋，她是用她的冷幽默来测试我而已。

我的箱子从传送带出来的时候，我假装不认识，看看朱尔的反应。它戴着导盲鞍，却漫不经心地望向别处，盯着一个抱着约克夏犬的年轻姑娘看。以前，它总是第一时间兴奋地冲向我的行李。弗雷德也发现了朱尔的反常，打算给它第二次机会，当我那贴着斑斑红心的新秀丽箱子再次从朱尔面前经过时，弗雷德用脚轻轻点了下。然而，朱尔还是没做出任何反应。弗雷德没作任何评论，一把拿起我的箱子，朝F大门等着我们的出租车走去。

我们在高速公路上互相抚摸亲吻，然后她电话响了，她不停地讲电话，预算啊下滑啊什么的，接着就一直板着脸直到回到福吉拉尔路的家。朱尔一直背对着我们，下车后默默地踩着地毯回到公寓。

到家后，我连导盲鞍都没有拿下来，朱尔就一头扎进它的睡篮里，一动不动。

我给奥斯曼医生打了个电话。

奥斯曼医生性格古怪孤僻，总是站在狗的立场上发表鄙视人类的言论。诸如：世上哪里有把自己的幸福建立在忠诚、同情、奉献、传递思想、感知主人情感的人类？电话里，他说他度假前一点时间都没有，要八月十五号才回来。我简短地跟他说了下朱尔的情况，他立刻约了次日早上见面。

奥斯曼医生的眼睛长得像垂耳长毛猎犬，嘴唇掩埋在三天没刮的胡子下面，他形式性地微笑了下，对我的角膜移植成功表示高兴。接着，他就专注于朱尔的情况，给它做例行检查，其实没什么用，自打我跟他说了症状，他应该已经知道了病因和治疗方案了。他有兽医学的教育背景、动物行为学的博士学位、三十年研究院院长的经验，他很清楚，一个失去盲人的导盲犬比失去幼崽的母狗还悲惨。

“爱丽丝，我知道怎么帮助狗狗度过主人死亡的阴影，但是，主人复明，你还是头一个。”

只有两个解决方案：通过抗抑郁药物，让朱尔卸下当导盲犬的负担，成为一只单纯的宠物犬，但这是莫大的浪费，它可是花了两万欧元接受的导盲培训；或者，把它指派给另一个有眼疾的人，总有一天它能找回自己的价值和内心平衡。

“看看等候名单吧，我是你的话绝不犹豫。你知道确切数字吗：我们只有一千五百条狗，却有六万两千个盲人，还真是百里挑一啊。”

我低下了眼睑，我还记得我们在埃兹[1]的晚上，朱尔当时刚拿到导盲证。我知道，奥斯曼医生是从中帮了忙的，因为他看到当时区长授予了我一个奖项，他很感动。如今，他看着我，一副棘手难办的样子。他总结说：“你将有崭新的人生，硬要留住朱尔是很自私的，它至少还有五六年时

①法国滨海阿尔卑斯省的一个市镇。

间可以服务另一个盲人，找回它的尊严和幸福，你自己选择吧。”

于是我一个人离开了。

我在公车上彻底理清了这个事实，耳边回响着奥斯曼医生的话，我一路都在哭泣。

“当然，您喜欢它，它也爱您，但是这个不是矛盾的焦点，你突然可以独立生活，便摧毁了你们两个最关键的连接。”

“那它可以重新适应吗？”

“可以，但是这是背叛它，否认它的直觉、能力和所有的使命感。你想想看，在奥利机场它对您做了什么，它觉得自己没用了，就不合作了。像小孩一样，一旦觉得自己不再被肯定，会不高兴，甚至会滋事。然而，它接受的长期培训让它没这么做。它需要忘记你，重新投入服务。”

“我不能再去看它了吗？”

“我不建议，尤其是最初几个月。”

“这样它会认为我抛弃了它！”

“要的就是这个效果，而且要它一直这么想。突然分离的痛苦，要比您是用健全的双眼看着它轻得多。等您一离开这间办公室，我就会在等候名单里找一个背景跟您截然不同的人分配给朱尔，彻底换个环境，给它适应新主人的紧迫感，它马上就会停止抑郁了。”

“但是我们从来没有分开过啊。”

“它肯定会想你的，它闲下来的时候会常常想到你，对你的爱还是一如既往，真的。留着它，它接下去的境遇和它的情感会矛盾不一致，让它迷失自我。忘了它吧，爱丽丝，如果你硬要把它留在身边，它无所事事，一个月内就会死的。”

七年前，我接受它的时候确实是签署过捐赠协议的。我永远都不会忘怀我走出那间办公室时朱尔看我的眼神，它怏怏不乐，没有给我带路。如今，它连起身跟着我出门都不干了，它的鼻子贴着地毯，耳朵耷拉下来，它很清楚我出门代表了什么。

复明后必须面对这样的场景，重见天日又有什么意义？

我在蒙田街下了车，筋疲力尽。我走路时，左臂不自觉地伸向前方，像是个被截肢的人。我没法跟大家说清楚复明的感觉，远没有之前我和朱尔相依为命好，尤其是现在还要面对十几个人为我庆贺重生。

我沿着拜雅尔街走着，我熟悉这条路上的每一个小裂缝。现在我大步地走向电台，我感谢我亲爱的同事们，终于能亲眼看到他们的模样，是否和他们的声音带给我的想象一致。他们开了香槟为我庆祝，我不禁流下了幸福的泪水，他们问我朱尔怎么样了，起初我说，它在休息，后来我忍不住告诉了他们实情。

为了避免人们说三道四，我坚持要求开始录音播报，接替我的人已经被我和朱尔的故事感动得哽咽了。虽然我还在病假中，但康复期内我的嗓音不受任何影响。

整整五个小时，我被走廊的喧闹声、各种时事政治和观众反响的评论淹没了，下午我急着回到弗雷德家，她说她找到了让我暂且不去想朱尔的办法。

“那我取消我们去特鲁维尔[①]的行程？”

“不用，弗雷德。”

“你到了那里，还是会整天地想着朱尔，它房里的饭盒，

①法国卡尔瓦多斯省的一个市镇，是个度假胜地。

它早上的羊角面包。你在海滩会想它跟着你一起游泳，给你捡贝壳，带你买冰淇淋……”

“是它必须要忘记我，而不是我去忘了它。”

“亲爱的，为什么我们不共同创造一点新的回忆呢，专属于我俩的回忆？我们只一起坐过一次飞机。”

“现在我能看见了，一切都是新的，我要重新发掘自己喜欢的东西。”

“包括我在内吗？”

“当然。”

弗雷德想了一下，看着阳台外面布洛涅森林的松树，阴沉地说：“你以前做爱是闭着眼睛的。”

“我一直这样啊。”

“为了不让我尴尬，我理解。但是，爱丽丝，你不要瞒我，毕竟我比你大三十岁呢。”

“这又不是什么新鲜事，有什么好说的。”

“现在不一样了，现在你可以看到别人怎么看你了，你也能看到谁在看你，必然会做比较啊，这是人之常情。”

“你这招假装嫉妒是很暖心啦。”

“暖心？”

“你这不是为了转移我的注意力嘛！但是没有用……”

“那我再送你条狗呢？”

“你想说一条普通的宠物犬？不要，坚决不要，我是认真的，不要给我搞这套。”

“爱丽丝，你真是太难伺候了。”

“我爱你，弗雷德。”

我横躺在床上，缠着她的双腿睡着了。第二天，我蜷缩着醒来，这是我保持了七年的睡姿。在刺眼的阳光下，我又闭上了眼睛，伸展开双腿，放在原先朱尔待的位置上。

朱阿尔上校七十五岁，曾经是炮兵部队的官员，患了青光眼后瞎了。尽管有巴黎军事长官的推荐，工会告诉他等到一条导盲犬至少需要三年。他太太意外地接到奥斯曼医生的电话，听说为他们找到了一颗“失落的珍珠”，她热泪盈眶地谢天谢地，如今她自己患了肺气肿，最近又关节炎发作，已经无法照顾失明的丈夫了。

上校在导盲犬学校突击学习了五天，主要是让他快速适应新生活的三个阶段：接受信号（导盲犬向他表明方向、障碍物、危险地带等）；确认信息（领会吸收狗传达给他的信息）；刺激行为（他必须服从导盲犬，并感谢它向他发号其他命令）。第六天，辅导员就把朱尔带到了新家，让它熟悉环境，了解新主人的生活习惯，上校从第二个星期开始就可以带着导盲犬坐公共交通了。

在学校进行的第一阶段学习进展很顺利。导盲犬一出生就通过了行为和禀赋的测试，先在一个家庭中接受一年的驯养，接着经受六个月高强度的导盲训练，学会满足人类的依赖必须远远凌驾于它本身的情感。朱尔在学校又开始吃饭、玩耍，人们给它解开导盲鞍时，它表现得异常兴奋。休息时，它会等待爱丽丝，它想象着主人在一群白大褂之中就诊，他们马上会把主人还给它，只是它不记得每每这种场景发生时，自己心焦的等待了。

然而，一到新家，它又开始抑郁了。上校搞不明白朱尔表达的信息，对它发脾气，还打它。上校夫人会站出来维护朱尔，但上校还是毫不罢休地针对朱尔，他把无法自理的怨愤完全发泄到狗身上。他们第三次一起散步时，他赶着朱尔往前走，朱尔把他带到了一条狭窄、搭着脚手架的路上，忽略了新主人肥胖的体型，上校撞到了旁边的物件，松开了导盲鞍操纵杆，朱尔跑了。

朱尔专注地想着爱丽丝，脑袋中运作着它的所见所闻，凭着自己的直觉，终于来到了电台门口，此时弗雷德的汽车正巧从拜雅尔街扬长而去，把它远远地甩在后面。

它从阿尔玛桥穿过塞纳河，经过一片树林和战神广场，朝巴黎十五区走去，它来到爱丽丝所住的福吉拉尔路，看到旧主人家的门窗紧闭着，然而，爱丽丝的气味还在，她嚼过的口香糖扔在边沟里，从大门到停车库入口，旅行箱上橡胶轮子的气味留在了人行道上，它没有嗅到弗雷德汽车的味道，也没有其他任何爱丽丝的气味。

朱尔在窗子下躺下了，直到夜晚，路上香料店的人来叨扰过它，邻居们看着它，充满疑问地谈论着爱丽丝，两个陌生人企图用嘴套抓捕它。

它又重新开始跑，跑过大街、公路，是一路奔向有海鸟和大海的地方，还是去喧闹的机场。它面临两个不同的方向，必须做出抉择：想必爱丽丝正穿着泳衣在海浪里嬉戏，抛弃了它；而机场，它想到了滚动带上的笼子，穿着旅行装的爱丽丝在百般阻挠的人群中，喜出望外地看着卖马卡龙的人救了自己。

我整天忙着装盒马卡龙，管理我的柜台，清理到处都是的奶油，鼓捣着那些滚动胶合板，开门关门。突然，一整队工作人员从拉杜丽甜品店拥了出来，店长尖叫着说："把狗从这里赶出去，马上！"

"但是，这不是我的狗。"说话间，我无法掩饰对这条拉布拉多犬的喜爱。

然后是一场无尽的争论，我当场就因为破坏公物的重大过失被解雇了，我的朋友米约翰为我求情未果，他只好鼓励我说："既然狗找过来了，它的主人就没有理由拒绝你啦，她必须赔偿你失业损失啊，我相信你！"

狗欢快地跳跃着，跟着我们去了问讯处，我心中又惊又喜，甚至让我暂时忘了再度失业、重新陷入经济危机的惨淡未来。米约翰跟问讯处的接待员简单说了情况，接待员开始广播："有一条叫朱尔的狗在等待它失明的主人爱丽丝，爱丽丝是位三十多岁、中等身材、金红色头发的女士，希望看见她的热心朋友把她带到二号大厅的汇合点，我再重复一遍，有一条叫朱尔的狗……"

她每隔十五分钟重复播报一遍，法航接收到这个信息，做出了回应，表示当天并没有残障人士从尼斯的航班飞回巴黎。米约翰说，有个搬运车负责人看见朱尔独自从出租车通道的楼梯护栏处跑进航站楼，他调侃接待员说："我说夏尔莲，你是不是随手按了个狗的开关，就冒出一条狗来？"

接待员不知所谓地扬了扬眉毛。

"我看它是离家出走来找你的，你可是把它从笼子里救出来的英雄啊，还是它只是想吃马卡龙了？你怎么看，夏尔莲？"

他在我身旁不停地跟夏尔莲开着玩笑，我数十次地拨打着朱尔项圈上的电话号码："机主的语音信箱现在不能接受信息，请您稍后再拨。"

"发一条短信吧。"米约翰建议道。

“发短信给一个盲人？”

“你想要我帮你去问她在拉杜丽甜品店留下的银行卡号码，然后打电话给银行吗？”

“等等，有一个更简单的方法。”

我打了118711，那是朱尔项圈上标着的法国导盲犬协会的电话。

“您好，法国导盲犬协会，马丁尼为您服务。”

我介绍了下自己，跟她说了现在的状况，和身边狗的特征。

“我们刚刚接到报失电话，您就找到它了，真是太好了。导盲犬很贵，现在偷狗的人越来越多。”

“我想要联系到它的主人，但是……”

“等一下，先生，它的档案上登记的电话是066145……”

“2220结尾的吧，就是它项圈上的号码，但是打不通，语音信箱也满了。”

“你方便把狗送到它主人家吗？地址是巴黎十一区，九十五号奥贝尔康夫街七楼左单元。”

“当然，当然！”

“太好了。我们这边会尽力联系到主人，您有任何疑问，请打电话给我们。”

我谢了她，挂了电话。

“哇！搞定了，你这幸运的家伙。”米约翰贱贱地用肘顶了我一下，“你去要的不止是报酬吧。”

我伸手抓住导盲鞍上的操纵杆，朱尔立马坐了起来。

在通往停车场收费站的电梯里，人们惊诧地盯着我看，或者说是用怀疑的目光看着我。我只能假装自己是盲人，我可不想因为偷窃导盲犬被逮捕。

我目光呆滞，手直直地牵着朱尔的导盲鞍，任由导盲犬把我带去地下三层的停车场取车，我们来到拉杜丽既定的车位，如我所料，只有我们孤零零的两个。拉布拉多犬在我左腿前十厘米处牵着我迈步，小心翼翼地监测着我的一举一动。我觉得自己在接受速成训练，一开始我把导盲犬拉在右边，它硬是不肯，坚持走在我的左侧，我猜盲人都是把狗放在左边训练的吧。

我打开后车门，它很自觉地跳进了我的后车座，跟日常习惯似的。我在驾驶座上坐好后，它跳到前面副驾驶的位置。我根本不懂导盲犬的“使用方法”，在车上应该怎么安置它们，有什么法规，我帮它系上了安全带，它很平静地接受了。

我们刚经过收费口的栏杆，朱尔就开始吠叫了。我让它安静都没用。它盯着汽车收音机看，转而望向我的脸，又看看收音机，为了让它安静下来，我打开了收音机，法国音乐台对它一点作用都没有，不过交响乐倒是覆盖了它恼人的叫声。

我满脑袋响彻着开到最响的舒伯特钢琴曲，一路开到了伊弗里大门。这时，朱尔还在狂吠。我开始换台，希望有一个台能够安抚它的情绪：怀旧台、青年台、欧洲一台、福尔泰台、法国电台……朱尔听到某个节目临近尾声时，萨科齐在批评记者，它突然不叫了，哼哼唧唧地躺下了，看来这条狗和萨科齐一样是右派。

好景不长，车刚驶过巴士底狱，它又直起身子，对着挡风玻璃叫了起来，龇牙咧嘴地狂吠一通，我安慰它："你跟你的女主人吵架了吗？她惩罚你了？没有？那是你在嫉妒吗？她坠入爱河了？"

我居然把自己当一条狗跟它说话，唉，看来我整个人的状态确实出了问题。我猛然醒悟了，开始害怕起来：爱丽丝被袭击了，或者被绑架了，朱尔才会独自来找两周前救过它的男人。这个推理虽然听起来天马行空，但是还真符合逻辑，它主人不接电话，而且语音信箱也满了，加上朱尔的行为，不耐烦、绝望不都诠释了我这个推理吗！离它家越来越近，我越发可以感到它的害怕、愤怒和危机感。

到奥贝尔康夫街路口，我努力克制着朱尔传染给我的紧张不安，朝它家驶去时，它咕哝得越发厉害了，它用嘴蹭我的方向盘，像是让我停下或者改方向。

“停下，朱尔，乖一点！”

我避开了一个逆行的骑车人，看到九十五号对面有个残障车位，后面的卡车在朝我按喇叭，我就停在了这个残障车位。

“好了，朱尔，你冷静一点。”

朱尔用乞求的目光看着我。

“走吧，我们上去吧，你就是因为这个来找我的对吗？”

它略微放松了一些，立刻跳回了车后座，蹲在车座下方，还想要钻进驾驶座下面的缝隙里，显得畏畏缩缩。我正想要去拉它的导盲鞍，有人拍我的车窗，我把车窗玻璃摇下来一半。

"先生，您占用了残疾人车位。"

"我知道，这是条导盲犬。"

这位胖胖的女长官坚定地看着我，然后转而看了眼跟地毯混为一色的拉布拉多犬。

我说："狗的主人就住在对面。"

她指着挡风玻璃，无动于衷地说："您没有贴残障人士标识，赶快走，不然我开罚单了。"

我下了车，彰显出我军人般处变不惊的气场："女士，请等我一分钟，它的主人可能遇到麻烦了，我担心她被袭击了，我不确定，请跟我来，万一有事我需要叫警察。"

"我就是警察，先生，我让你现在把车开走。"

"别动，我马上回来。"

我穿过两辆车，来到九十五号门口。回头一看，女交警一动不动地盯着我看，提着笔，准备在罚单本子上落笔了，我按下了门铃 7G。

"喂，谁啊？"声音是一个年迈女士的，估计是爱丽丝的妈妈或者祖母。

"您好，女士。您还好吗？"

"很好，为什么这么问？您是哪位？"

我一下子放心了，接着问：“爱丽丝在吗？我把朱尔带回来了。”

“朱尔？！”

她的嗓音一下子高了几个音符，我听到一个男人的叫喊声，和一阵砸家具的声音。

“不要，贝尔特朗，求求你躺下，没什么的……”听得出她话语里的惊恐，“有一个先生把朱尔带回来了，别起来，我会跟他说的，请你躺下，医生特别嘱咐的，你千万不能……”

“喂，女士，我停车遇到点麻烦，您能让爱丽丝听电话吗？还有，您能把她的残疾证明拿下来吗？交警正在给我开罚单呢。”

“爱丽丝，什么爱丽丝？”一个男人在电话那头大叫，“没有这个人，女佣名字叫皮拉尔！我不想再听到任何关于这条狗的事，清楚了吗？要么给我滚，要么我就投诉了！”

我正想解释，便听到他砸碎玻璃“哗啦哗啦”的声响。车里的拉布拉多犬被吓坏了，打破了我半开的车窗，从车里冲了出来，我冲过马路的几秒时间，它已经消失在街角了。

我来到女交警面前，她正要撕下刚写的罚单：“还有，您的狗差点把我掀倒在地！”

我叫她去跟对面九十五号7G的主人投诉，我回到车里，里面一地的碎玻璃，我惊愕中百思不得其解，这不是爱丽丝的地址，这也不是她的狗，不过它叫朱尔，而且就是我认识的朱尔。

我闭上眼睛，真是想不通。现在我唯一确定的事情就是即将要开始的噩梦，我又丢了工作，我没有车窗玻璃的保险，换了玻璃，我就没钱交房租了。

“您不能停在这里！”女交警敲了敲我的车身。

我跟个僵尸似的重新启动了汽车，听着汽车收音机里的一段广告音乐，整理思路，爱丽丝在哪里？她怎么了？她的狗怎么会被别人拿走，这难道跟租车公司因为事主欠费把车拖走是一个道理？拉布拉多犬无法忍受分离，直觉和绝望把它带到十三天前的恩人处，是它选择了我。

我左转到圣摩尔街，看到朱尔坐在路边，歪着脑袋等我，我猛地踩了脚刹车。它一副狼狈的样子，不过神情很坚定。我看着它伸展腿上的肌肉，似乎在目测跳上车的距离，我给它打开了后座车门，它跳了上来，若无其事地坐着，吐出舌头喘着气，很释然地看着我，好像已经交代清楚事情原委了一样。

后面的车按着喇叭让我快开。现在只能先找一个能赊账的修车行，或者跟房东商量拖欠房租。毕竟，事实证明独自面对最艰难的岁月，我还搞得定，可如今，带着一块叫拉布拉多的狗皮膏药，就难保会发生各种预想不到的事情……

至少这条狗不会是转让给我了吧。我已经想到了最坏的情形，爱丽丝死了，被车撞死了。所以他们把狗给了另外一个盲人，朱尔不明白，它不接受新主人，所以牢牢地盯着我，来复苏对爱丽丝的回忆，或者它希望让我帮它找到爱丽丝，也许她还没死，昏迷在医院……

我在路口停了车，想象着车祸的场面，眼睛有点迷离了。而且，外面下雨了，雨点不断地打在我的左臂上，朱尔又兴奋异常地对着汽车收音机叫了起来，三秒之后，它把爪子搭在我的手臂上，“肢体语言服务于社会生活……停顿……阿维尼翁节日，法国电台盛宴……”，我迷茫地看着朱尔，没错，这个音色、语调，柔滑中带着欢快的颤音，正是爱丽丝的！

雨越下越大，我把车停在共和国广场的某个车库。我们挨着一栋栋楼走着，寻找车站，有两次被警察叫住询问我失明的病状，于是我买了一副墨镜让自己更和谐地跟导盲犬走在一起。其实更方便的办法是去宠物店，把朱尔的导盲装备换成一根普通的狗绳。

根据信息中心说的，法国电台坐落在巴黎八区拜雅尔大街二十二号。爱丽丝还活着，能在广播中真切地听到她的声音，我觉得自己是世界上最幸福的人，虽然“幸福”两个字不太符合自己的经济现况。我想了想这两个小时的遭遇，能肯定并确认的唯一合理解释是，为了不让导盲犬过于习惯依赖同一个主人，会安排他们换主人，当然，狗会有自己喜好的主人。刚刚门铃对讲机的那个老头实在太可怕了，我很理解朱尔疯了似的破窗而逃，不正是不想回到这任新主人身边吗？

我和朱尔上了公车坐到蒙田街，它站起身下车。大雨后，乌云散去，残阳照射在大街上，我跟着它来到了拜雅尔街二十二号，朱尔专心地走着，很匆忙却很欢快。可能是出于“职业习惯”，也可能仅仅因为好玩，它小心翼翼地避过每一处积水向前走，还时不时地看看我的鞋有没有沾到水。

法国电台玻璃大门口的值班员看到朱尔欣喜地问："你来这里干吗呀，朱朱？您好，先生，您就是它的新主人吗？您来看爱丽丝的吧，我给您个名牌，朱尔会带你去录音室的。请小心，前方马上会有楼梯，而且挺陡的。还是您想要坐升降机？"

我情愿坐升降机，这样比假装摸索着走楼梯更不容易露馅。值班员和朱尔带着我穿过迷宫般的走廊，乘上货梯来到前台。我戴着墨镜闭上了眼睛，显得更自然些，我思忖着见到爱丽丝还要花些工夫解释一番假装失明的原委。

前台看见我和朱尔惊呼："先生，爱丽丝去度假了！她昨天才走的！"

我咽了一下口水，来平复这个五味杂陈的冲击。

"您知道她去哪里了吗？"

"不知道。"

"您能给我她的手机号码？"

"很抱歉，我没有权利给您员工的号码。您可以去问人事部。请问您是……"

一股强烈的沮丧感再度袭来，我说算了，我瘫坐在红色的长凳上，拿出了手机，朱尔静静地躺在我的脚下。

“它适应新主人的过程还真不错。”前台姑娘表扬了朱尔。

我报以礼貌性的微笑，假装手机键盘上有盲文，细细地摸着键盘拨号，给导盲犬协会的总机拨电话。

“法国导盲犬协会，您好，我是马丁尼，有什么需要为您服务的吗？”

“您好，还是我，我一小时之前因为朱尔跟您通过电话。”

她的声音立刻冷却下来，说：“是的，先生。朱阿尔上校通知我们了，这事有点麻烦，请不要挂断，我转给负责人听电话。”

转接中，响起来拉威尔的《波莱罗舞曲》[①]，我犹豫要不要趁着这个间歇挂断电话，以免生出新的麻烦事，但是现下，我必须要为自己找到一条出路不可。爱丽丝消失在世界的某个角落，没有人来领走这条狗的话，我不觉得自己十六平方米的房间里能够容得下这只砸破车窗的活物。

“他们就放我出来两分钟，谈朱尔的事。马丁尼，我

①法国著名作曲家拉威尔最后一部舞曲作品，常被用作背景音乐。

不是跟您说了吗，我在开会呢……您好，我是奥斯曼医生，请问哪位？”

“您好，我叫孜巴尔·德弗雷吉。我是……”

“它对您做了什么？咬了您，在您身上撒尿，掀倒您的自行车？对不起，我刚刚在电话里被一个古怪的白痴弄得很生气，狗是有错，我态度也不好。我说，马丁尼，我在讲电话呢，能安静点吗！什么？他投诉了，快打电话给我的律师，我跟这人说完再跟律师谈，先生，您还在吗？听着，当年是我给朱尔发的导盲证，我是它的担保人，它现在只是有点情感危机，您绝对不会有危险的……又怎么了，马丁尼，说清楚，我跟你说了多少遍了……目击者，目击者关我什么事？他妈的，一派胡言，存心捏造啊！他到底想要怎么样？因为自己撞到了脚手架想要处死导盲犬？去找律师！先生，您是从哪里打来的？”

“法国电台。”

“什么？是谁给您爱丽丝的联系方式的？用户资料管理得真是一塌糊涂，您马上打一辆车，到拜诺雷路七十一号，我们给您报销车费，我要检查一下这条狗的状况，谢谢您的好心。好了，马丁尼，你现在可以转接给律师了。”

等我到了拜诺雷路，气氛缓和下来不少。朱尔趴在我的脚下睡觉，跟之前完全不同。我说明自己的来意，琢磨着大家都认为这狗没用了，也没人愿意要它，它只是条不识时务的忠狗而已。在奥利机场经受过惊吓之后，我猜爱丽丝把它还给了训导员，就像昆德林把我塞还给我母亲似的，自己好找个更年轻力壮的。

法国导盲犬协会是一座用磨砂石翻新过的原公共援助楼，马丁尼，是个爱在身上穿首饰洞的哥特族，把我带到奥斯曼办公室，给我俩互做介绍。奥斯曼医生很高大，不修边幅，像刚刚从看守所里放出来的。他把一个鸡蛋色拉烤肉卷放在了文件上，站起身来跟我握手，挠了挠朱尔的额头，朱尔对他也颇礼貌。

“躺下。您请坐。”

朱尔和我分别遵从了他的指令。

“你们两个可把我害惨了，朱尔冲撞了巡警。我需要一个证明解释情况，您为什么要去按那个老家伙的门铃，他现在投诉我驯养不力，故意把恶犬分发给他。请您写‘本人……’，对了，您叫什么名字？”

我不走心地照他说的话写着“本人，发现走失导盲犬的守法市民”云云，写完终于轮到我发问关于爱丽丝·嘉丽安的事了。

“自打十二号之后，我就没有见过她，除了和狗狗的分离，她现在状态挺好的。倒是我引火上身了。”

“怎么说？”

“我不该让她把朱尔带回家。我们导盲犬供不应求，这是个特例，我不应该让朱尔面临这种技术性失业的。”

看到我释然的神情，他长长地叹了口气，用食指和拇指夹按了一下鼻梁，跟我述说了爱丽丝角膜移植手术成功复明的三个阶段，然而对导盲犬而言却不是一件好事，狗突然不再处于帮助残障人士的主导地位，会心理失衡，丧失自我……

听了这番话，我震惊了，两种情感油然而生：为爱丽丝而喜悦，以及对朱尔境地的感同身受。

“情急中，我把朱尔分配给了一个完全不同的主人，想让它在适应过程中渐渐忘记它的旧主人，当然，适应过程也是训练它的一个阶段——现在，您也看到了，这还真是个成功的举措。”

我脑袋在刹那的沉默中消化这个天大的消息。我的第一反应并不美妙：现在爱丽丝能看见了，我还能取悦于她吗？当时在马卡龙柜台，我猜自己给她留下了充满异域风情的印象，其实，我一副军人挺拔瘦削的身材，和我这张旅社店主的脸并不相配。

我问奥斯曼医生，有没有告诉爱丽丝朱尔之后发生了什么。

“没有。”

“您有她的手机号码吗？”

“有的。”

他从抽屉里掏出一个苹果手机，放在书写垫板上。

“她把朱尔留下的时候，把手机忘在我这里了，应该是无心的。她需要好好休息一下，人之常情嘛。她当天就从电台打电话给我，说度假回来就来拿手机。”

“那么，您知道她去哪里了吗？”

“不知道。”

我拿起手机，在手上把玩了一下，企图打开却发现没电了，只能把它放回桌上。朱尔站起身，鼻子凑了过来，它的背部微微颤抖，激动地摇起了尾巴，呼吸加快，它嗅到了旧主人的味道，兴奋异常。

“我们不应该把它带回旧主人那里，他们曾经形影不离，这样很残酷。”奥斯曼医生说。

“接着它会怎么样？”

“发生了这些事，我不得不把它从导盲犬名单中除名了。不避让障碍物，公然把主人抛弃在马路上，带着导盲鞍出逃，这都是它职业生涯不可原谅的错误，我必须取消它的导盲证书，您可以把它留在身边。”

“什么？我留下它？不会吧，奥斯曼医生，这不可能，我家里只有十六平方米！”

“对它来说这不是一个问题。”

他在一张便条纸上写下了什么，撕下来递给我。

“请您读一下，接着您瞧吧。”

我左右为难中，还是咕哝着念了一下：“缩身。”

朱尔一骨碌地躺下了，卷起身子，像一只没有壳的蜗牛似的紧缩起来，奥斯曼医生似笑非笑地给了我第二张便条贴：不许动。

朱尔立马僵直地站住了，屏住了呼吸，在仅仅几瓶矿泉水大小的面积上立足于地面。

“马丁尼会给您一张所有关键词的索引，您会发现它的自我管控能力惊人地强大，甚至可以说它自己吃喝拉撒的需求自控也很好。现在它已经和您相处得很和谐了，几天后，您会离不开它的。”

我重新看了眼朱尔，它选择了我只是单纯地想找到旧主人，仅此而已。奥斯曼医生凝视着我，眉毛微微上扬。我跟他说了我们在奥利机场相遇的经过，我把它从押送货仓的危急中解救出来，还有之后在马卡龙柜台灾难性的重逢。医生若有所思地摸了摸脖子，拿出了一沓处方，在屏风后面边写边说:“马丁尼，您去叫一辆按月结账的出租车，把他们送到王医生那里。我需要王医生出一份心理评估给律师看，王医生之后会寄给我的。”

“等一下，医生……我不能……我不想弄一条狗在身边，我只是来把它归还给您的，其他的我爱莫能助啊。”

“小心您说的话哦，它都能听懂。您看，它现在还屏住呼吸僵在这里呢，叫它休息吧。”

“您自己说吧。”

“同一个命令只能由发号命令的人撤销。保险单上我还是写爱丽丝的名字吧。之后的问题你等爱丽丝回来后解决，她一定会很高兴地把所有的费用还您的……更何况，您对她有好感，您这是给她送上了世上最好的礼物，不用感谢我，先生，我们这是互帮互助。”

“王医生说十二点十五分可以的。”马丁尼在墙的另一头说。

“瓦鲁瓦街一百零二号，”奥斯曼医生微笑地说，“由我们协会来支付出租车费用，说真的，您这是救了它，如果警察发现它在这里，他们会因为企图伤人罪用麻药把它绑回去，作为军需——这也正是那个愚蠢的上校起诉它的罪名。这就是我们所谓的文明世界，先生。”

我被他说得不知所措，看到狗蜷缩在五十平方厘米的空间里一动不动，还耐心地看着我，我不由自主地脱口而出：“休息。”

它伸展开身子，坐直了，喘了几口气。

“你没有什么可害怕的，我的朱尔，你这次遇到好人了。来，跟我亲热一下……一切都会好的，相信我……啊哟，你身上怎么了，等等，转过身，让我看看。”

奥斯曼医生趴下来，拿下了狗的导盲鞍，取下眼镜，几乎把鼻子贴到了狗屁股上。

“下作的东西，马丁尼，叫菲利普过来。”

他一边扶着办公桌桌沿艰难地站起身，一边骂骂咧咧：“有鞭痕，这绝对是鞭痕！它当然会离家出逃，你看，菲利普！您说对吗？给它拍个片子！马丁尼，打电话给‘三千万朋友’[①]，让动物保护专员等一下去王医生那里看看，不然上校更要没完没了了。谢天谢地，朱尔找到了您。除非特殊情况，不要再给它戴导盲鞍了，马丁尼会给您一条普通的狗绳、它的‘使用手册’和它的零食。”

他对我眨巴了下眼睛，把爱丽丝的手机放到我的口袋里，我惊喜地张开了嘴。

“这样，您就会比我更早遇到她。回答您不敢问的问题，据我所知，她没有男人，对您来说，说不定是大好时机哦。”

他拍了拍我的肩膀，祝我好运，对着朱尔补充说：“不仅仅是我这样想，不是吗？”

我走向大门，拉布拉多犬已经在门口等着我了。话说我还是有时间溜之大吉的，让身后的专业人士们解决所有的问题，不过又怎么样呢，人生岂不是就更没指望了吗？

---

①动物保护协会，拥有以协会冠名的电视节目和杂志月刊。

奥斯曼医生把项圈夹在我的臂膀下。

“这条狗生来就是灵魂伴侣，不要让它失望。”

我签了那份声明，带着我的灵魂伴侣和它的零食离开了。

我对自己身体的反应很沮丧。我喜欢航海，迎着四面八方的海风吹向我的皮肤，让我时刻准备着改变航向，扬帆或收帆。这是我第一次在海上觉得难受，还是他们没有告诉我药物有副作用？出海后，为了减轻晕船的困扰，我一半时间都闭着眼睛。况且我还得极力掩饰，不让弗雷德在她朋友面前丢脸，也不想让达芙尼克号的主人们失望，毕竟她们兴高采烈地用新买的双桅帆船庆祝我重见天日，看着扬起的风帆，面对路经的树林、云雾缭绕的海峡、美轮美奂的落日，我很配合地显得欣喜若狂。然后独自躲到船舱里悄悄呕吐。

达芙妮比我想象的漂亮得多，而尼克比我想的要丑，这对女同志一点都不般配。可以说这是一对因为真爱走到一起的情侣，完全无视年龄、身体、地域和文化的差异。弗雷德很喜欢拜访她们，据我的理解，她就是欣赏和我们一样特立独行的爱情。我一直不明白她的兴趣点到底在哪里，除了航海还算愉快，我不得不忍受她们一个没完没了地炫富，一个傻大姐似的糊里糊涂。

我知道，这样说对弗雷德不太公平，她对我还是挺用心的。一路驶来的高速公路上，她让我相信是带我去酒店，却意外地在翁福洛港口把我带上了达芙尼克号帆船。面对我复明后的种种视觉冲击，首先是男人，弗雷德不愿意让我作为一个正常的循规蹈矩的女人曝露在男人们的视野中，对我来说，一切新的画面都是困扰、疑问或者新鲜感；而对她而言，是一种威胁，她急于把我带离人群。当然，在马路上，在餐厅里，我还是会遇见不少男人。我想要看到他们看我的眼神，渴望面对我的放电，男人照单全收低垂下眼睑的感觉，这种似是而非的甜蜜烦恼，让我和弗雷德一样尴尬。失明时代的恐惧、对黑暗的屈服，以及长期的情感抑制让我极度向往这种没有目的的诱惑游戏，不过，这还不是最糟糕的事。

我开始讨厌一切映入眼帘的画面，我不喜欢弗雷德夹带着善意的保护欲、由里到外表现出来的疑虑，不喜欢自己生活的点点滴滴，不喜欢自己的衣服、公寓的装饰，尤其是自己冷漠的画作。我以为自己曾经把每个色彩的热度和波长把握得淋漓尽致，并和谐地展现到画布上，然而，十几年来我都错了。我原以为我传达的是照亮黑暗的那种好强精神，并把顽强的快乐传播给世人，事实上，我的画色差强烈却贫乏狰狞，当我伤心地认识到这点时，有种被连根拔起的痛楚不断蔓延。弗雷德看见我把自己的画毁了，扔进了放旧衣服的大袋子里，才想到给我安排一个惊喜航程来安慰我。

或许扬帆出海真的是一种治愈神药……这些年，我执着于画画。我迷恋松节油的气味，颜料粘在手指上的感觉，画布上的颗粒，油腻腻的颜料盒，和画板上温度的变化。我喜欢弗雷德给我安排的画展中人们恭维我的话，发表的看似真诚又识时务的如出一辙的评论，我曾以为是自己的画触发了他们的共鸣，然则，现在看来，他们只是在逢场作戏，把画展目录上的话组织一下重复给我听：您画的深色鱼缸啊，窗后的幽灵啊，都给大家传达了正能量云云。

我想复制的勒内·马格利特的超现实主义画作，实际上却表现得跟像蒙克的《呐喊》一样扭曲。我讨厌这些年不知不觉流露出的那种坚忍的愤恨，我取消了弗雷德原先要联合法国电台给我举办的“重见光明的噪音”画展。

“否认你黑暗的时光，可以理解，爱丽丝，不过你可以画出一个新的风格啊，还是会一鸣惊人的！”

话是没错，不过怎样才能跟一个对自己充满爱意，又把自己当艺术家的人承认说，艺术对我来说只是一种替代感官的语言而已呢？现在我可以看见完整的世界，不再需要用作画的方式塑造脑海中的世界。我只想过平凡的日子，不需要用自己臆想的画面来做精神依托。我失明初期好不容易战胜的绝望，居然在复明后苏醒过来，我曾经把画画当作精神支柱，重见光明后却成了另一番折磨。

不但是色彩，声音也成了我新的困惑。我每周两次去亨利四世中学的业余合唱队唱歌，最近头一遭走调了，在一片熟悉的噪音中，我分心地看着一张张和声音不符的面孔，竟突兀地游离了大家的旋律。

十二年来，大家都变了……不光是那些流行元素，大家竟乐此不疲地拉皮、打肉毒杆菌素，每一代人都抱着永葆青春的执着，在这一片伪青春中，人们早已貌合神离，说不出也摸不透大家都在想些什么。人们在这悲观的世界里，如出一辙地循规蹈矩、独扫门前雪，过着各自狭隘的日子。媒体不断用“自身发展”给大家洗脑，充其量也就是给大家充了个电。我能从大家的言语中感觉到这种夹杂着幼稚的以自我为中心的“生活哲学”。人们在马路上、公车地铁上、办公室里千姿百态地摆弄手机发消息，无疑是现代数码世界里必不可少的一幕，只有我一个人看得目瞪口呆。城市里到处是自说自话的“自闭症”患者，还有一群在压力中生活的自恋狂，无时无刻不拿着推特刷新，行尸走肉一般，跟路上散发着废气的汽车没两样。

当然，这种幻灭的感觉源自我本身。我的世界黑暗下来的时候，大家都还少不更事，现在被重新点亮了，我们却老了。如今我回归到五彩的世界，怎样才能改变岁月的颜色呢？这些年来，人们不断地跟我说“您可真勇敢啊”，并给予我很多帮助……曾经同情我的人会欣赏我往后“对世界的索取”吗？没错，我重新发现了世界，却如此失望。

紧跟手术复原后的喜悦，竟是我残障时不曾有过的孤单，我现在必须要自豪幸福，这是个使命感强烈的责任，因为，我不再有借口让自己不好……

我恢复得确实不错，至少医院检查是这样说的。我上船前，在翁福洛的眼科医生处查了下，人工角膜植入得非常好，视力比手术医生所预期的早了几个星期便完全恢复正常了。因此，我可以减少皮质激素和抗排异药物的服用，弗雷德号称这些东西都有导致抑郁的副作用。她更愿意相信我现在萎靡的精神状态不是本性，而是药物的作用。看来以后，看不清世事的人，轮到她了。

我尽一切努力不让她感觉到自己对她性欲的丧失，不过这太难伪装了。黑夜中，她抚摸我的时候，我不再感到兴奋。她的存在变了质似的，瓦解了我对她美好的想象。弗雷德不再能给我带来快乐，反而渐渐在我生活中褪色，我不断在自欺欺人罢了。我抱怨说晕船，周围太吵，达芙妮和尼克开启自动出航模式时，隔壁船舱的嘈杂声不绝于耳。

弗雷德还是情话绵绵，魅惑的女低音，幽默，喷着芬芳的香水，晚上温存依旧。然而，我越来越想满足的是另一种欲望,伴随而来的是沮丧的罪恶感。当然,我一直爱你，但这是不一样的，我依旧爱你，心生异念不仅仅是因为我们年龄和形态上的差异,弗雷德。我现在不需要被保护了,我已经准备好去冒险了,哪怕是冒着失去所谓安全感的风险。

我不知道接着要做什么,当然,一如既往,我有很多事情要做。我一回电台,就跟他们提议来年夏天可以做一个概念型节目《新眼球》。我要重新开始玩冲浪、滑雪,开始学一切曾经无法进行的运动项目:网球、山崖跳伞、射箭等等,还有考驾照。当然,取消残疾证也是一项步骤繁琐的大工程。此刻,和弗雷德的这个假期让我惴惴不安,我总算回到了正常的世界,除了晕船和没有性生活之外,当然,还有少了朱尔。这些年来,朱尔是多么向往这一刻,可以没完没了地嬉水、追逐海鸥、不戴导盲鞍尽情玩闹……沙滩上的唐璜雕像,一本正经矗立着,仿佛等待授予朱尔救生员称号似的,唉,我怎么会接受这个没有朱尔的假期呢?

我疯狂地想念着我的狗狗。只有它能察觉到我情绪低落,会及时安抚我,会给我带来喜悦,并以我的快乐为己悦。帆船很美,随着我晕船的好转,景色变得漂亮起来,笼罩着海峡的光影恢宏壮丽,然而,我不在乎,我只想看见我亲爱的朱尔。我故意把手机留在了奥斯曼医生办公室让自己失联，不想接到一切询问我和朱尔近况的电话。我应该让朱尔好好地投入另一种生活，和新主人建立起新的默契，重新上岗找回心理平衡，希望它不要跟我一样，还对旧事念念不忘……耳边一直回响着奥斯曼的话：忘记它吧，爱丽丝，是为了它好。

可是，我做不到。

我坐在大众出租车后座，回味着奥斯曼医生办公室里发生的点点滴滴，朱尔打从车开到巴勒莱街就睡着了，在我脚踝处发出轻轻的鼾声。一路走来，我的周遭是那么荒谬，然而，我总算觉得从长长的冬眠中苏醒过来了。我是朱尔的希望，它就指望我了，就像当时昆德林对我充满信心，为了激发我的想象力和绩效，派给我几乎完成不了的任务，恋爱中的我状态惊人得好，并有一腔愚公移山的精神，我用活跃的思维、敏锐的直觉和超人的胆量，把一个子承父业、几乎破产的化肥作坊，改头换面变成了首个拥有环保专利的公司。

我发现了一种叫菱沸石的火山岩，一旦把它弄粉碎，放进肥料，喷洒时就不会有股猪圈似的臭味，二〇〇二年夏天的订婚旅行，我把昆德林带去意大利北部的采石场，当时我灵机一动，想在那片石矿中研发出一种天然材质的绿色肥料除味剂，不少高尔夫球场开发商也看中那片地方，我的举措一石激起千层浪。在研究分析过程中，我萌生了一个伟大的想法，在测试成功前，赶忙用公司的名义去申请个专利。我的研究结果震惊了整个菲尼斯太尔[①]：捣碎的菱沸石配比上氨水放在猪的饲料里，可以减少排泄物百分之三十六的氮含量，这样大大减少了污染，粪便不再污染水流，助长海边绿藻的生长。当时布列塔尼大区首屈一指的火腿企业艾姆大地陷入金融危机，险中求生入了股，共同承担这款饲料补体的生产成本，这款补体叫“波斯普尔”——名字不是我取的。

垂死的小公司合并上市后，顿时变成了垄断企业。后来由于股份分配纠纷，我不同意董事会的决议，昆德林徘徊在股东们和我之间，最终为了公司的利益，选择嫁给了艾姆大地公司家的公子。我当时心里挺怨她的，始终觉得

①法国西北部省份。

她内心更想成为我太太，而不是勒科鲁兹太太，然而，她如今是全国猪饲料行业的领军人物，跟我这样一个素食主义者结合的实际利益，远远不如和一个火腿业的少东家联姻来得诱人。而让她名利双收的那个男人，出于嫉妒，无情地把我从公司踢走了。

她不留情面地把我从生活和公司里赶走，剥夺了我的发明成果，还起诉我，号称我企图把公司专利卖给竞争者，让公司律师弄了子虚乌有的假文件告我。从此，我心凉透了，停滞不前，行尸走肉般地蜷缩在自己的蜗居里，我不再相信任何人，人不为己天诛地灭，接着我只为自己活着。

我跟这条狗的命运如出一辙，被诽谤，被抛弃，无人怜爱。不过，我们说走就走，我想朱尔也感觉到了，所以才选择了我。

出租车拐进阿姆斯特丹路时，电话响起来了，停止了我的思绪。是清洁女工昆巴打来的，指责我说上周二没拧紧她的排水管。她洗衣机的水蔓延到我房里，她担心水渗到我那破旧的地板里。我差点就叫出租车司机调头回去了，只是朱尔还等着做奥斯特曼医生所说的“心理评估”呢。面对它那个变态新主人的控诉，受虐的痕迹应该可以帮它脱罪吧，不至于落入军需或者安乐死的命运，而且我也不会惹上窝藏恶犬的麻烦。我跟昆巴说我马上回来。她有我的备用钥匙，我让她进屋把我的随身物品用浴帘盖起来，和以前一样，这样我回去默默地擦干净，贝尔通太太便不会啰唆地数落我。

“唉，这就是我的生活啊。”她长长地叹了口气，显出一副自豪的忘我精神。

出租车逼近了圣拉扎尔火车站，朱尔突然醒了，跳上车门，叫起来。

“它想要上厕所吗？”司机警惕地问。

我跟他保证说不会的，这不是它内急时发出的讯号。我从狗粮袋子里拿出个零食递给朱尔。它越叫越猛，还挠起了我的小腿。我看着后车窗，从口袋里拿出了马丁尼给我准备的命令大全，说：“安静。”

它马上就安静下来，转而用舌头不住地舔着车窗，一副要把玻璃舔融化的架势。

“喂，喂！老实点。”出租车司机等着红灯，不满地叫唤。

“停下！”

朱尔立刻停了下来，用乞求的目光看着我。

“这么简单就能把狗调教好还真不错呢，我有四个女儿，也要这样管管。”司机若有所思地评论说。

我让司机停车，等我们一会儿，我的心脏怦怦直跳，拉起狗绳，推开了车门。朱尔像箭一般冲了出去，一路穿越广场的行人、孩子和卖假劳力士的小贩们。我跟个障碍滑雪运动员似的跟着它的嗅觉和势如破竹的冲劲，被它拖着一路狂奔。难道是爱丽丝要回来了吗？还是这是她出发的地方，又或者现在正好是爱丽丝在这个车站出发的时间点？

朱尔把我拖到了火车站的自动扶梯，毫不犹豫地向右猛冲，奔到二十六号站台，它突然停了下来。站台的指示牌什么都没有显示，它嗅着地面，在空无一人的站台上一寸寸地择路而行。当它看到穿梭着老鼠的轨道，顿时伸出舌头，一身轻松地坐了下来。它瞄了我几眼，力邀我跟它一起等待。

车站工作人员跟我说，告示牌没有显示有火车出入站，站台是不允许进入的。我问他这个站台下一班车什么时候到。

“二十六号站台，一般来讲，是去特鲁维尔[①]方向的。下一班车二十五分钟后到达，十三点十七分出发。”

特鲁维尔是他们度假的地方吗？爱丽丝常常带朱尔去那里度假吗？我看着朱尔的眼睛想要得到答案，然而，我所能感受到的是它睡醒后明快的心情。过了一会儿，我提醒它说，我们跟动物行为学专家还有个约见，然后我还要回蒙巴纳斯的家去处理水漫金山的问题呢。

朱尔怏怏不乐地离开了它度假的站台，拖着脚步跟我走回了出租车。关上车门，有一瞬间，我还挺埋怨自己没有不顾一切跳上第一列进站列车去追寻梦中情人的呢。

①诺曼底的海滨城市。

唯一可以缓解晕船的办法是盯着一个定点看，我窝在船舱里，在一张黄色的纸上书写，看黄纸不像看白纸那样累人。打了十二年的盲文和语音输入，我的眼睛重新面对字母，我的手指在重新适应拿钢笔的感觉，写着写着，我的心情渐渐好转了。

亲爱的马卡龙先生：

我不知道拉杜丽公司会不会把这封信转交给您，甚至不清楚自己会不会寄出这封信。这是我十七岁以来第一次亲笔写信，我希望您可以看到这些文字。您给了我复明前跟我的狗狗最后的美好时光，后来朱尔必须给别的盲人提供服务了。

我感谢您在奥利机场帮我们解围，等我度假回来，想请您喝杯咖啡当面致谢。

致敬。

爱丽丝·嘉丽安

另外，我想冒昧地提醒您，您曾经说还会有时令口味的马卡龙，我希望不久后就能亲眼看到、尝到我最喜欢的塔伽达味马卡龙。

我重新读了下写给马卡龙先生的信，有点困惑，放弃了第四遍的誊写。我觉得自己写的字难以辨认，一点都不像出自我手。

打开我的记事本，想要弥补一下人生十二年的空白，这十二年可不仅仅是一场漫长的幕间休息啊。

我一页页地写着，回顾自己的过去，整理回忆，我平时是个活在现在时和将来时的人，如今，努力心平气和地回首黑暗的日子，思量着自己的变化，把我母亲还有狗狗的故事记录下来。

在事故前我算“幸福”吗？心理医生不建议我用“强奸”这个词，好吧，我只能改用“事故”两个字。登山和冲浪是从父亲的世界里传承到的，冬天登山，夏天冲浪，是我们父女俩热爱并擅长的，我一步步追随着父亲的步伐参加比赛，接受训练。他一度不能接受失去我这个希冀，他曾经还指望着我能摘得奥林匹克运动会的奖牌呢。我还有几个兄弟，但表现远远不如我，以至于我从失明的悲剧中恢复过来后，父亲依旧沉浸在后继无人的悲痛中，常常啜泣着说：除了训练，我还能为你做什么呢？

母亲接过了照料我的重任，她陪我走过了高考，和我一起学习盲文、音乐、唱歌、绘画……一切让我生活重新丰富有趣起来的事物。她在我身边创造了一个轻快团结又温暖的气场，而没有丝毫同情。她把她十八岁的经验分享给我，用她和她以前情人的例子教我和男孩子们相处。最重要的是，为了给我弄一条导盲犬，她费劲了周折。

面对长长的导盲犬等待名单，她自告奋勇地注册了狗狗领养家庭，我们收养了伊兹村驯狗学校甄选出来的小狗崽，我们给小狗们提供一个正常的家庭环境。一年后，它们去学校接受封闭式的导盲训练，只有周末才会回来休息玩耍，直到它们毕业拿到导盲证书，被派给排队等候的盲人。终于有一天，其中有一只狗狗被派给了我自己，它就是朱尔。

因为驯狗师说话一直隐晦含糊，从不提及哪条狗将会属于我，所以我不敢在小狗崽们身上投入太多感情，怕它们一旦离开了我会受不了。小朱尔也感觉到了，直到学校正式把它指派给我，才开始了它“青梅竹马的恋情”。它以惊人的速度，教我认识了马路、公车、火车、游泳池、大海、雪橇……它甚至还训练我看懂它传达给我的画面：障碍物的形状，楼梯的位置，以及我周遭的善恶。它用我能理解的方式，用意念为我传达它的观点和对事物的诠释。我用它给我的信息进行思考、行动和决策，它在我耳边喘着气，呼吸的变换像是一种编了码的语言，心电感应般微妙地给我勾勒出一个场景、一派景象以及一个人的容貌。它的喘息成了我脑海中画面的由来，正是因为它，也是为了它，我决定成为一个画者。朱尔会把调色盘叼来给我，再给我递来不同颜色的颜料。

有了朱尔这个好帮手，母亲开始放心把我托付给它。她才关注起自己隐瞒大家已久的夏尔科病——一种渐进式的肌肉萎缩症。然而，已经太晚了。从此我们交换了角色，轮到我来支撑她面对病情的不可逆发展，照顾她渐渐不能自理的生活，慢慢陪她走过人生的下坡路了，正如她曾经耐心地帮我振作起来一样。

在宣告母亲死亡的电话打来的十分钟前，是朱尔叫醒了我。我们把母亲的骨灰撒进了天使海湾[①]，朱尔跟着跳下了海，父亲和哥哥把它拉上了小船，它吐了一口水在我脚上，它这是在把母亲还给我。

泪水滚落下来，模糊了黄色纸张上的文字，我趴了下来，把手埋在臂弯里啜泣。我的朱尔，它幸福吗？它的新生活好吗？它开始重新做别人的灵魂伴侣了吗？它恨我吗，想我吗，忘记我了吗？当然，对它来说，这是最好的选择，错都在我身上，是我抛弃了它。它知道我不是孤零零一个人了。是朱尔给我带来了两段爱情。理查德，朱尔的训练师，对我付出很多，教我重新找回了快乐，他花了几个月时间才敢摸我，我让他觉得只是出于往来的礼节才配合他，其实我挺喜欢他的，而我的身体对他说了谎。训

①位于法国南部地中海海域，靠近尼斯。

练好朱尔，完成了我这个“任务”，他就去满足别人的需求了。

这时，弗雷德·贝朗吉出现了在我生命中。那是伊兹村学校的开放日，她当时负责瑞士生活基金会的公关工作，他们每年给狮子志愿者协会捐赠十条导盲犬。朱尔和我给大家做了跨越障碍物的演练，训练道上布满了管道、脚手架、挂着红灯的人行道、垃圾桶、不同的街面和铁锤凿的洞——这条路一直在变化，就是为了不让导盲犬习惯已知的规律而丧失警惕性。摩托车会突然出现阻断道路，还有搬家车、扒手等等。之前一年，我和朱尔的合作赢得了大奖，弗雷德给我们颁奖拥抱我的时候，踩到了朱尔的尾巴，还企图绕过导盲鞍拿走朱尔脖子上的奖牌，朱尔一跃而起，她不小心从颁奖台跌倒，摔断了三根肋骨。

我们当时去她住的酒店探望她，十五天之后，我就跟她来到了巴黎，立刻陷入了爱情的旋涡，她是个不可思议的情人，给我带来了电光石火般的幸福。她非常吃得开，而且甜蜜醉人，打了个电话便弄来一架私人飞机把我带去了科西嘉岛，给我的情人节礼物竟然是在孚日广场美蒂奇画廊举办的个人画展。朱尔也渐渐习惯了她的存在。只是我的两个保护者常常会有些领地上的小纠葛，弗雷德会很频繁地换她的鲁布托牌高跟鞋，朱尔也一直惦记被踩尾巴的仇恨。

而我，也得保卫属于自己的领地。我自己找到了法国电台播报的工作，没有通过弗雷德去签她给我安排的奢侈品广告配音合约。我对我赚的基本工资很自豪，我可以自由地爱这个既傲慢又总担心着被拒绝的弗雷德，她总想着用金钱来收买我。

“你在下面还好吗？”

我赶紧把纸藏到一份《新观察家》杂志下面，回答说我很好。我不想让弗雷德看到我心系朱尔写下的那些柔软文字，不想让她误会。我也不想让她从几年的恋情中苏醒过来，我只是要直面自己，比镜子还分明地看清楚自己。我实实在在感知到的是带着爱慕的友谊和一丝提前到来的愧疚。

弗雷德来到船舱，贴着我的耳朵抱着我。

“你上来吗，亲？她们还以为你不高兴了呢？”

“亲”是什么？新的昵称？仿佛之前的“我的天使”已经无法承受我看她的目光了。

“来吧！太阳出来了，你也来露露脸吧。我们总得跟她们玩玩吧，达芙妮给你准备了一杯曼哈顿鸡尾酒呢！”

“可是我不想见到她们。”

“也包括我吗？”

“当然不是。”

“我只是想确认一下，爱丽丝。”

她“砰”地关上门离开了，我把我写的那些纸放进了包里，爬上了甲板。出于礼貌我必须得这么做，在各种游戏活动之后，我内心更加焦躁了，我顿时明白我的复明对她们来说最大的价值是终于可以四个人一起打牌了。

爱瑞克·王的诊所坐落在老皇宫院子边小巷中最古旧的房子里。出租车司机让我们在蒙邦斯艾路下了车，我们穿过了一个广场来到瓦鲁瓦街。在标有一百零二号附近，我在门铃的一个拱门下的名牌上寻找着王医生的名字，在一个娃娃鱼图案旁，按响了四楼的门铃。

大门“嘎吱”一声打开一条缝，朱尔用脑袋把门顶开，透着一股专业的谨慎勇敢范儿，把我带了进去。它带我穿过了昏暗阴冷的门厅，站在了电梯按钮前，这是个新型感应式的电梯系统，朱尔的爪子在电梯的墙上摸索了一番。直到我叫来门卫，朱尔才趴下，向我转过身来，显得很烦躁，我拉开了电梯门，它执意要爬楼梯上楼。

秘书穿着收腰身的白大褂和尖尖的高跟鞋，化着烟熏妆，像极了色情片里的护士。她先跟拉布拉多犬打了个招呼。

“奥斯曼医生跟我们说这是个紧急情况，王大师马上会接待你们的。”

她的语气透着一股浓浓的助人为乐的亲和力，我也很热情地感谢了她。她把我们领到了等候室，一派上世纪九十年代女孩闺房的装饰，橱窗里摆着各种法语、英语、俄语和汉语的书籍，以及它们荣获的奖项。《动物会跟我们说话》，《读懂您爱猫爱犬的内心世界》，《跟鸟儿们对话》……

我在唯一的空位子坐了下来，那是一把挂着大流苏的酒红色天鹅绒椅子，左边坐着一位优雅的老妇人，肩上站着一只鹦鹉，右边坐着一个女人，右腿边依偎着一条哆嗦着的吉娃娃。朱尔盘缩在我脚下，紧张兮兮地挠着布满尿渍的丝绸地毯。

“它也是思乡症吗？”左边的“病友”问我，她珠光宝气的上衣和鹦鹉的羽毛还真是相得益彰。

我不想和她多费口舌，回答说是的，朱尔刚刚失去一个很重要的人。这个跟斗牛士一般弓着背的老妇人跟我讲了不少自己和鹦鹉之间的沟通问题。

“说，‘您好’，朱古力！”

这只鸟一声不吭，抬起一只爪子挠嘴巴。

“您看，它不高兴了，它现在变得一点都不合群。我白白放它喜欢的歌给它听了，它什么都不模仿了。”

我默默地表示同情，其实我自己又何尝不是可怜之人。我的目光游移到对面一只仓鼠身上，它死死地咬着一个含泪女人的手指，我又望向了一条猎兔犬，它戒备地蹲在一张坐着某个不知名演员的椅子底下，还有一只戴着珍珠项链的暹罗猫，正透过路易威登的笼子企图抓挠主人的裙子。这十几号带着动物来就诊的人，简直像来进行两性情感咨询的。

“这是你第一次来王医生这里吗？”一个带着鹦鹉的男人带着些许鄙夷的语气问我。

我显出一副内疚的样子点了点头。

“他可是欧洲最好的行为学专家，我每个星期从洛桑来一次，他上个月上门就诊，跟我的马交流。我的马是两届凯旋赛马比赛的获胜者，现在它拒绝让人骑，我们之间绝对有误会，我们人类平时真应该谨言慎行啊。”

“亚希姆！”秘书靠着挂号口的窗口喊道，我右边的女人戴着手套，把手指放在铁栅栏缝隙处，示意吉娃娃睡着了。秘书心领神会地转向我。

“朱尔。”

拉布拉多犬低垂着尾巴，我紧跟着狗来到了就诊室。秘书把手搭在平台门上说：“你们一起去院子里面玩吧。”

她给我递过来一个球，见我没反应，就给了朱尔。朱尔灵活地一口咬住球。

“你们都到餐厅前面的露台去。”她解释道，“第一次就诊的首要任务是对你们的观察，五分钟就可以了。”

我跟着朱尔下了楼，在沙土飞扬的花园里，我松开了狗绳。它把红色的球放在我的脚下，缓缓地退后观察我的行为。我捡起球，跟滚球游戏一样扔了出去。朱尔奔跑过去，一跃把球接住，小心翼翼地把球放回地面，像对待一个炸弹一般。我们上方顶楼开着的窗子有反射光，一定是那个行为学家在暗中观察我们。

我正想去把球捡起来，朱尔突然来了个大转身，用右前肢把球向我打了过来，球在我三米之外落地了。朱尔围着我开始叫，仿佛在跟我生气。我又扔了一次球，它无动于衷地看着球滚落，随之歪着脑袋盯着我看，发出阵阵哀怨的声音。随即,便四脚朝天地躺了下来,我在它跟前蹲下，抚摸着它的肚子，我之前还真不知道狗会像猫一样，发出呼噜呼噜的牢骚声，但是此刻朱尔还真发出了一样的声音。

它猛地跳了起来，把我掀倒在地，我贴着地面，朱尔的鼻子在我衬衫上嗅来嗅去，我挣扎着想要从口袋里拿出奥斯曼医生给我的“使用说明”。它马上走开了，独自在平地上蹦跳着，闻着长凳的腿，抓挠一棵树，还把爪子放在公园里陈设的一个小型炮管底座上，这个炮管的火绳被放置在聚光镜下，本来应该由正午的阳光点燃，它在摆钟出现前曾经是夏季打鸣报时的工具，直到一九七八年法国反恐安全措施颁布，才被勒令禁用。

我看了看时间，五分钟应该已经过去了。我按照技术指示吹了三次口哨，回到王医生的楼里，一个小女孩开了门，她妈妈用个拌沙拉的容器装着一只乌龟离开了。电梯里装满了人，朱尔自顾自地从楼梯奔上了楼。我在四楼看到它时，它正在草席上擦拭爪子，一个骑摩托车的人把头盔贴着墙面放着，正检查它屁股上的伤势，这一定是奥斯曼医生叫来的“三千万朋友”的兽医。

“是奥斯曼医生给我们发出的警示，我已经检查过了，会进行投诉的。祝你一天愉快！”他站起身来说。

他边对着电话另一头总结诊断结果，边等电梯下楼。王医生的秘书直接把我们带进了就诊室。

王医生把手放在背后咕哝着：“您的报告很有意思。”

他长着一副看不出年纪的亚洲苦行僧模样，穿着件不合时宜的紫色羊绒长衫。

“朱尔，这是我们第一次见面。”他蹲下身子和朱尔保持一致的高度，非常温柔地说，欢迎它来到这个平和的港湾。

所谓的港湾是一个被百叶窗围起来的空间，铺着榻榻米，带着一个充满禅意的花园，挂着纸灯笼，播放着水疗会所的柔和音乐。喷水池里蛇身人面的小雕像托着一枚闪闪的香烛。

治疗师和拉布拉多犬四目对视，仿佛在互相交流信息。朱尔的喘息一点点平复下来，像换了一个音域进行呼吸循环。突然，王医生笑起来，我问他为什么，他打了个响指让我别出声，并指了指地上。我靠着墙坐在了地上，和他们保持一个水平面，等待着这场无声对话的结束。

“它的内心想法跟我刚刚窗外观察到的非常一致。”王医生用惊人的柔韧性一跃而起，宣告说，“它把您当成了一条狗。”

我很不同意这个观点，强调说我们来只是为了要一张朱尔没有暴力倾向的证明。

“您误会了，”王医生坚定并礼貌地说，“这可是一件好事，它不把您当成一个正常的人类，而是一个对等的同伴，在导盲犬的世界里这很罕见。您应该救过它，和它的主人。”

我默不作声，我想可能奥斯曼医生跟他说过奥利机场的际遇吧。王医生追问：“那您为什么不愿意坐火车呢？”

我蜷曲了一下脚趾，缓和一下加快的心跳，用尽可能客观中肯的态度说了朱尔之前在圣拉扎尔火车站的行为，他挥手让我停下，跟我解释说：“不要问任何问题，跟着它就是了。它会告诉你答案。如果我要把所有动物凭直觉找回主人的故事写进书里，那么这个书架根本就不够放我的作品。它在您和一个年轻女人之间来回跑代表什么？是一段回忆还是奔着一个目标呢？”

我没有回答他，并向他发问：“您能读懂它的内心吗？”

“是它告诉我的。大原则是我们有互相沟通的欲望才能连接彼此的心灵，这正是动物们期待的，而且它们很容易捕捉到这种心灵相通。它们的困扰是很难被人聆听。它们会把人类的不理解当成一种敌意或者惩罚。我所解决的百分之七十的矛盾都是因为这个。还有百分之三十是动物们默默接收了主人的压力，从此心理产生了扭曲。这两种情况都会导致攻击性和精神萎靡，朱尔两种都有。当然，我会给奥斯曼医生出一份令他满意的报告，它是出于正当防卫，这样它就不会被打麻药没收。但是，如果您也抛弃它的话，这只狗真的会变得很危险。”

汗水从我的脖子处冒了出来，王医生继续好言相劝说：“对它来说，没了您，世界都变了，它选择了您，作为它的倾听者。”

我咽了下口水问：“您为什么这么说？”

“这是我透过窗户看见的。它把球扔给您，是对您的尊敬，是互表忠心的诉求。这是个主导者面对主导者的行为。可是，您不知道怎么玩，朱尔也不懂如何教您，只好快快地放弃了。它想把您带到它主人那里，因为现在它认为您可以满足它主人的需要，才一心一意要让你们两个人会合。”

我始终抱有怀疑，讽刺地说：“您确定您没有过分拟人化吗？”

王医生充满优越感地抬起下巴：“如果是这样的话，人们不会纷纷跑来花四百欧元就诊。先生，您听着，我既没有拟人，也没有拟犬。我只是倾听动物内心的波动，然后转化为人类有限的智力所听得懂的语言，再把人类的各种借口回答给动物。”

“人类的借口？”

“动物对人类的谎言、偏颇和背叛是非常敏感的。它们大部分的癌症是源于主人的疏忽，当它们所有的诉求不被主人理会时，所展现出来的攻击性就是对主人不满的终极表达方式。朱尔的主人，叫什么名字来着？”

“它没有告诉您吗？”

“我没有时间跟您开玩笑，外面还有一屋子的人等着就诊呢。我这是帮您插了个队，请您讲重点。”

“爱丽丝。”

“爱丽丝能自理了，是对狗的背叛。它依旧要代替主人看世界，这是它告诉我的。而您，在机场登机时，把它从无法保护主人的困境中解救出来，对吗？”

“没错。”

“您踏入了它的领地，却同时抹去了它对您的嫉妒和不满。如今它已经没有所谓的领地了，因此想把爱丽丝交托给您，这样通过您，它可以重新找回自己的价值。它刚刚给您扔了球，您却不接，对它来说，就是背叛了它寄予您的希望，把您当礼物献给主人的希望。”

我咽了下口水，不紧不慢地说：“这么说，它想要把爱丽丝、我和它自己变成一个家庭？”

“这就是您的想象了，太夸张了，它只是想成为一条新的狗，然后作为你们的纽带，继续存在于主人的生活里。”王医生抹了抹鼻子，深深叹了口气。

“朱古力，刚刚排在您前面的那只鹦鹉也有同样的烦恼，自打它的雌性伴侣生育了小鹦鹉，主人对新生儿很兴奋，难免忽略了它，搞得它心灰意冷。我不想有违职业素质透露客人信息，我只能告诉您它主人是个赛马骑士，年纪大了，骑不动马却怪马不好，现在把精神完全寄托在鹦鹉上，他的追求是打破吉尼斯纪录。朱古力是只很有天赋的鸟，它学会了三千多个单词，很讨主人欢心。不过，一旦它不再是众人瞩目的中心，它就不说话了。”

“这跟我这个案例有什么关系？”

王医生停顿了下，像是在专心地琢磨着怎么把动物的逻辑下降到人类的高度给我解释，他转移了目光，咕哝道：“这是一条为她看世界的狗。”

他走到办公室坐下来，拧开了万宝龙的大钢笔，拿出了一张纸。

“一条被抛弃的拉布拉多犬想要训练一个男人去挽回旧主人，这是个很不错的出发点，没有刊登过的案例，我会把它写下来的。”

我以为他要写的是处方，其实他只是为下一本书写备忘，他没有给我提供对待朱尔问题的解决方案，却给自己找到了一个创作主题。

“跟随它的直觉，满足它的期待，放心吧，它不会去攻击别人的。”他用了三分钟把万宝龙钢笔的笔盖拧回，总结道，“不要忘了，它是一条拉布拉多犬，首先是一条猎犬，一条寻回犬，它要把你带回给它的主人。您最好掌握这点，有情况联系我。”

我离开了，无法分辨这是个江湖骗子还是异禀超人的天才，或者是一个寻找灵感的机会主义者。不过有一点我们可以达成共识:朱尔会被赋予生命，成为书中的“人物”。这是个来自旁观者的幻想产物。我母亲从我身上得到灵感写的小说曾经卖了六万册，是我迄今为止最大的成功，踏着这个成功的基石，写狗的书应该会毫无悬念地超越之前那本。

我们回到了等在外面的出租车上，司机合上了正在玩的填数游戏书，问我接着去哪里。他的计价器上显示的数字是八十四欧元，在回答他之前，我再三确认了车资确实会由导盲犬协会支付。

我回到了黛摩比尔路，做好了最差的心理准备，事实没有让我“失望”。

“干得好，买了条拉布拉多犬回来。”昆巴抱怨道，“它们很喜欢玩水的。”

其实，朱尔还帮了一些忙，它在房间地板的水洼处欢快地打了几个滚，便把水吸干了。贝尔通太太来之前，一切都挺好的。贝尔通太太头顶三个蓝色的发卷，抱着她的猫闻讯赶来，雄猫一看见狗，浑身的毛都竖了起来，呼啸着朝朱尔扑去。

朱尔吓了一跳，朝茶几处闪避，不巧把保护防水布掀翻了，还推倒了象棋上的骑士们，撞坏了我玻璃纸做的沙丘以及塑料棕榈搭建起来的模型。他还把奥马尔公爵的部队弄得一团乱，三秒之后，珍贵的奥马尔模型掉落到水里摔得支离破碎，我和昆巴手忙脚乱地想制止这场“战乱”，停战时，贝尔通太太面无表情地站在一片战后的残局中。

这真是一场措手不及的祸事，被房东发现了我不仅拖欠房租，还把屋子非法分租给别人。她以非法占领空屋和破坏物件为由，限令我立刻搬走，不然要强行把我撵走。昆巴还骂骂咧咧地诅咒到了她的第五代子女，却于事无补，并被告知再骂就报警。

我本可以商量宽限一二天，哪怕是一个晚上，但是值得吗？我不是个拖泥带水的人，昆德林解雇我时，我只带着电脑用五分钟时间净身出户。这突发的打击渐渐平复下来，当年少几个小时工资和如今少几个小时住所是如出一辙的，另一种命运在翘首以待，我要翻篇。我有什么理由让自己拖沓呢？

朱尔闯了祸，默默地蜷缩在屋里一个堆满东西的局促角落，看着我把东西装进四年前带来的百升大背包。一件大衣，一件外套，两条牛仔裤，六件 POLO 衫，几双替换的球鞋，做酸奶的设备，苹果笔记本，六本写满了注释、市面上找不到的书籍，好在我的其他书都转化成电子版存进了平板电脑里。就这样轻装离开这个温馨的港湾，就跟当年来的时候一样，不由让我产生一种微醺的自豪感，世事多变，而自己依旧尊重本我。不管是真实的还是处于对自己故土的想象，我的贝都因基因重新开始支配我的生活。我只需要买一个帐篷，选一个地方就可以四海为家了，甚至可以说，眼前的这条狗会替我选择一方立足之地的。

我把朱尔的项圈和食物放进包里，抱着一发不可收拾无可救药的心境把狗绳卷了起来，去昆巴那里的水槽处，跟置身于她性爱工具之中的水生植物道了别。

“如果你没地方住，就回来陪它们，这里始终欢迎你的，考虑一下吧……”昆巴说。

我微笑着让她放心，心里暗暗地想：对她来说，男人占用了她不少工作时间吧。

她继续说：“不管怎样，我都会站在你这边，不要怨恨贝尔通太太。”

我背上了大包，手紧紧地拽着肩上的背带，昆巴边说边摇晃着我的肩膀，仿佛在强调说她在我的生命里远远不只是一个漏水下来的近邻。我感谢了她，现在不是心软的时候，这种危机中煽情的忧思，始终是我最糟糕的敌人。

我于下午两点二十分离开，任由朱尔带着我走。它来到雷蒙·罗斯朗大街，选了城堡路，穿过加泰罗尼亚广场，朝着牧师路走去。我相信它不会走错的，或许它要带我去圣拉扎尔火车站，正如老皇宫后面那个不可一世的行为学家所分析的，又或者它只是随心所欲，走到一半不走了，那我不得不自己想别的备选方案了。

到了牧师路地铁站，它向左走了分岔道，毫不犹豫地背离火车站走着，我想要制止它，跟它说方向错了，但我的指令却像面临着一个不可修改的程序，全然没用。我放弃指挥它了，紧紧拽着狗绳，它在福吉拉尔路上坡，朝凡尔赛门的方向加快步伐，到了嘉布里尔帕雷医院门口，骤然停下，在长凳脚下躺下了，一副达到目的地后心满意足的样子。

我又担忧起来，我想会不会爱丽丝因为眼科手术并发症取消假期，又住进了医院？我把狗系在长凳上，去接待处问询，朱尔歇斯底里地吠叫起来，确凿地抗议着我的错误行为。其实，住院中心的布告板上赫然写着：无自理能力老人收容中心。

我回到了长凳上，坐在两堆鸽子屎之间，心灰意冷，脑中开始运作起我的备选方案。

“孜巴尔，亲爱的，你好吗？我正在读我新书的校样，我明天打给你……”

“妈妈，我只有一个问题，今晚客厅里的沙发可以睡吗？”

“为什么？你可不要告诉我，你变本加厉地沦落到住在马路上了！”

我忍住了没有去反驳她所谓的“变本加厉”，毕竟我是去求助，不是与她针锋相对的。

“只是一两个晚上，我需要点时间周转一下。”

“好的，我知道了。住是可以住，只是我不能保证约翰·克里斯坦不打呼。”

我没有坚持，和从她床上被赶下来的情人同床共枕，还要忍受那人的鼾声，是我万万不能接受的。我只能没话找话地问她下一本书的主题是什么。

“一个孤独的妈妈终于找到了真爱，是个七十三岁的老人，后来一切都变得无法预料。如果你真的没有地方住，就过来吧，我叫约翰·克里斯坦住到他女儿那里去。”

我能听出她的语气饱含着一种伟大的牺牲精神，我趁势跟她说，她一定会喜欢上我的狗。

“你的什么？”

“一条四十公斤的拉布拉多犬，很乖的。”

“你觉得以你的现况，弄一条狗合适吗？”

“是别人给我的。”

我解开了系在长凳上的绳子，抚摸着朱尔的脑袋，它不紧不慢地摇晃着尾巴，望向凡尔赛门的方向。

“孜巴尔，你得跟我说清楚，你不会还指望你去上班的时候我帮你照看狗吧？”

“不会不会，你放心吧，我已经失业了。”

她假装没有听到我的话，指责隔壁施工发出的恼人噪音。我很想看到她恨不得将我放回当年的垃圾桶，然后把整个使馆的垃圾一股脑儿扔掉的画面。我唯一给她带来的快乐，就是作为她的写作素材，大获成功。我隐隐约约感觉到，接着她的每一本书里都会批判我。对我来说，成为她书中的人物，未尝不是一件好事，至少我的存在是有价值的，可以减少些许负疚感。

“亲爱的，我不是针对你，不管有没有狗，你知道我家地方并不大。”

我当然知道，住在巴黎最贵的地区，面积自然少得可怜。自从她名利双收后，她坚持要从克里希一百五十平方米的房子里搬到市中心凡尔诺叶三十六平方米的小屋子，丝毫没有考虑过我的利益，她追求的仅仅是一个体面的住址。

“你一群朋友里总有人有地方给你住吧？”她貌似觉得我并没有领她的情，继续说。

我差点跟她说了我所有的朋友都站在昆德林那边。如果当时我能听明白她在斥责我，我是不会再继续跟她唠叨的。

“打电话给我的朋友，卢塞特·安斯雷，她独居后，会把卢浮塞纳的房子租给别人，她或许可以接纳一条狗。”

朱尔像是听到了我们在谈论它，一下子坐直了，汪汪叫了两声，若有所指似的，然后它把我带到了前方一个车站的汇合点，是八十路公车，从凡尔赛门开往十七区政府的，经过圣拉扎尔火车站，我心中一阵悸动：“不说了，妈妈，祝你新书校对顺利！”

正如我所料，我们买了火车票，朱尔把我带到了二十六号站台。下一列开往特鲁维尔的火车十五点三十三分出发，但是广播里说因为站台维护换到了二十四号。我必须跟朱尔解释，可它已经死死地认定了二十六号站台，怎么都拉不走。我运用王医生的方法，蹲下来和它平视，精神上跟它传达我们一起去坐二十四号站台出发的火车，回到爱丽丝的怀抱。我尝试了十遍有余，收效甚微。它唯一的反应就是舔我，我认为它在跟我说：老老实实待着，相信我，听我的。

最终，它看到二十四号站台上有一群度假的孩子和拿着帆板的人们，而我们所在的二十六号站台空空如也，只有广播里一直重复着特鲁维尔这个地名，总算相信了二十四号才是正确的出发列车。

一离开巴黎，它就睡着了。对之前几个小时发生的事，我的记忆已经有些模糊了。骤然天降的一片混乱，我已不再惊愕，反而整个人充满了兴奋。我一直是个井井有条的人，不遗余力地追求着自己的爱好、发明和阅读，现在，我做了第一个命运赋予我的决定：跟随一条狗去探索生活。

在狭小的船舱里，我一直被噩梦惊扰到天蒙蒙亮，惊醒我的始终是一个场景：我骑在一个狼狈不堪的男人身上，突然撤下身来，滔滔不绝地数落他床上技术差。我讨厌这个梦，和这个梦反映出来的潜意识，我复明难道就是为了满足扭曲的复仇心理吗？

我中学的三个男生在一间不算很暗的地窖里强奸了我，为了不让我认出他们，还把强酸泼到了我眼睛里，他们至今还在马赛的牢房里，对此我没有丝毫顾虑。十二年来，我把他们叫做三只河狸，就像唐老鸭电影里面的三个侄儿，心里早就把他们千刀万剐了，平时根本不会梦到他们。十八岁到二十三岁之间，出于一种残酷的利他主义，我每六个月都去探访他们一次，让他们不要忘却自己的罪行，激发他们赎罪的心，不要重蹈覆辙。这个行为和心理医生的建议背道而驰，但我自己却觉得很受用。

从此我便生活在黑暗的世界里，在克服各种盲人辛酸的过程中，我原谅了他们，这不是基督徒的宽恕，而纯粹是自私，邪恶违心的原谅。我享受他们面对我表现出的悔恨不已的样子，他们沉浸在不可饶恕的内疚中，我还穿着低领衣服、紧身裙子去接待室看他们，心里畅爽不已。这种出卖自己的行为，曾经竟然是唯一让我感觉自己和失明前没两样的瞬间，顿时没了惧怕也没了怨愤。

后来我安顿在巴黎，顾不上他们了，对这种“抛弃”心怀窃喜。他们通过我父亲滑雪学校的联系人给我写信说，我让他们相信了一切皆有可能，现在却抛弃了他们有失妥当。我给他们画饼充饥，让他们甚至觉得刑满释放的一天，我会打车去接他们，帮他们重新融入社会，主动为他们献身，这就是他们所期待的“重新来过”，真是一群蠢货。

我从广播里得知他们三个其中一个企图自杀的时候，心中没有一丝涟漪。我用了十年时间把自己变成现在的样子，和过去不能同日而语，和罪人的好与坏没有半点关系。为什么现在我找回光明，罪犯自行了断之后，我对男人的恐惧和对其施虐的欲望，又在自己的梦境里复活了？

在黑暗中，我曾是一个好人，现在，我认不清自己了。

我们在盖尔奈斯停靠中转，码头处有一片丛杂连绵的房子，指示牌上写着老诺曼底的方言，我们吃了当地的什锦锅，那地方曲径通幽，还有一些岩洞。上城区的房子是雨果当年被流放时的故居，房里密集摆放的家具上刻着他名字的首字母，墙上挂着些平淡无奇的画作，还有一张大圆转桌，据导游得意洋洋地说，上面传达了所谓的墓志铭之外的信息。达芙妮那对情人什么都没有听进去，她们只顾着吵架。她们的文学观点有分歧，一个喜欢雨果，一个喜欢巴尔扎克；她们对税收制度的观点也不同，一个赞成根西岛的税制，一个却鼓吹巴哈马拿骚的；驾船习惯也不同，一个习惯单桅帆船，一个是玩双桅的。

弗雷德把我拉到通向顶楼阁楼的小楼梯处，雨果曾经在阁楼的唱诗台上写了一些没有编页的文字。她跟我说了些恶心的情话，告诉我朱丽叶·德鲁埃[①]当时蠕动着大屁股边给雨果整理文稿，边撩起了裙子。

我想一个人待着，我们回到观光团，导游在说雨果和他的狗狗苏纳的神奇关系，我受不了了，我表示要一个人出去走一走，我们船上见。

我沿着绣球花和欧石楠的小路走向港口，看见一个网吧，我点了一杯健力士，联上网后，我发送了离开翁福洛之后一直放在心里的邮件，给克莱尔的，她是赛德克母亲。赛德克是我高中毕业班最好的朋友，却成为了强奸我的同谋，每年十一月八日，那场“事故”的纪念日，我都会收到他母亲克莱尔深表同情的邮件，我从来不回复她。

我连问候都没有写，直接告诉她我恢复了曾经被她儿子剥夺的视力，虽然这不能减轻赛德克的罪行，如今说这些也于事无补，但怎么说都是对母亲的宽慰，可以说是我真正发自内心的宽恕。

在点击“发送”的时候，我产生了强烈的获释感，在一系列晕船的副作用和噩梦之后，总算是复明之后给我带

①雨果情人、女演员，与雨果结识后充当他的秘书及旅行伴侣，一生中给他写过上万封情书。

来的第一股正能量。是的，我确实找到了光明，黑暗不再。

我喝完了健力士，倚靠在人造革的长椅上，想要继续建设健康的心理，下一个需要攻克的是十一月八日事故之后自己和男人的关系，这可不是简简单单按下一个发送键就可以解决的。

狗一路都在睡觉，火车停站的播报声都没有吵醒它，直到广播里响起了特鲁维尔这个名字。它立刻坐直了，等在了车厢门口。

酷热之后，外面下着蒙蒙细雨，凉飕飕的。朱尔毫不犹豫地走了右边通往特鲁维尔的分岔路，带我穿过横跨图克的桥，它出站时一路嗅着地面，摇晃着尾巴，路上人多到挡路时，就时不时地叫几声。

直到现在，我对诺曼底的认识还停留在卡昂，那里有个给我之前公司加工菱沸石的生产中心。诺曼底一整条马路上都是木筋墙的房子，矗立在混浊海浪的气味里让我很不习惯。大海之于我，是波斯湾、新加坡、达喀尔，我父亲任职外交部时给我的印象，以及去勒格罗迪鲁瓦[①]露营的记忆，那个时候他被任命去华盛顿，离婚了，这样漂泊的外交生涯确实不符合叙利亚根深蒂固的传统。后来长大了，有钱度假了，我就喜欢做冬日运动，那是初恋般全新的体验。

随着离海边越来越近，朱尔加快步伐愈发兴奋，看得出来，这是它最喜欢的地方。或者说那是爱丽丝所在的地方，它已经激动地忘记了狗绳的另一端是我这个灵魂伴侣了。它带着我在人群中曲折地穿梭，导致我不可避免地每三米都会撞到行人的背包，不得不在跌跌撞撞中前进。

爱丽丝是在家里人的房子里、租的屋子还是旅馆里呢?

它停在了基里亚德，一座赌场对面阴森的三星级酒店停车场前，把爪子放在了一辆法拉利的前轮胎上。法拉利矮矮的扁圆造型让它撒尿都可以够到挡风玻璃了。它完成任务似的穿过车身，沿着赌场的边缘走着，然后走上了海边布满沙粒的木板路，路的另一端是雾蒙蒙的海景和搭在沙滩上五颜六色的帐篷。我跟个障碍滑雪运动员似的在帐

①法国加尔省的一个市镇。

篷油布、各种童车和遮阳伞之间穿梭，我上身不断地向后仰，想要拉着狗绳刹住车，却不巧在木板间崴了脚，狠狠地撞倒了一个玩帆板的人，我松开了狗绳，把那人扶起来，查看伤势和道歉的瞬间，朱尔已经跑得无影无踪。

它在下一个路口等着我，那儿是一个叫福劳贝尔的新诺曼底式酒店，海鸥们在酒店靠海的一面盘旋着，椋鸟在马路一侧的梧桐树间叽叽喳喳地鸣叫。一对恋人边打开一把雨伞，边推开沉重的玻璃门，朱尔从他们的腿下猛冲了进去，我跟他们道了个歉，跟着走进了酒店大堂，一个留着金灰交杂的头发、梳着发髻的丰腴女士从柜台后走了出来，伸开双臂："是我的朱尔！你在这里干什么，小坏蛋？"

朱尔一跃而起，与她抱在一起嬉戏了足足有三十秒，这位女士这才发现我的存在。

"先生，您……"她松开了拉布拉多犬，带着一股女王范儿问道。

我跟她说我跟狗一起来的，她的脸上马上露出了光彩。

"不会吧！我太高兴了，为什么爱丽丝之前没有通知我呢？她的预定是明晚，不过没关系。二十二号房间的德国人晚上八点后才会到达，我把三十三号房间给他们住，好了，搞定！我叫伊丽莎白·利邦，很高兴认识您。预报确实说这个七月天气很差，等一会儿又要下雨了。您这精瘦的身材还挺好，臀部很漂亮啊！爱丽丝很好这口，我懂的。”

我谦虚地感谢了她的夸赞，她还用手指捏着我左臂的二头肌。照她自来熟的话说，这个三星临海小酒店和弗拉芒的小酒馆一样让人想起布雷尔，为了减少她“抒情”的时间，我卸下了背包。

“没有任何贬低的意思，”她眨了一下眼睛，“我倒很高兴看到爱丽丝和像您这样的人在一起呢。”

我收起了微笑。

“爱丽丝还在车里吗？我帮你们把车库的栏杆打开，您赶快把车停好了，免得等一会儿又下雨了，我让卢卡斯去搬行李。”

我即兴发挥说，我和朱尔是坐火车过来的，爱丽丝晚一些来。伊丽莎白向后退了一步，很惊讶，确切地说是心存怀疑。

“没有导盲犬，她怎么过来？”

朱尔像是听懂了什么，在我脚边打起滚来，卖弄着对我的喜爱。我跟旅店店主说爱丽丝角膜移植成功复明了，她吃惊地张开了嘴巴，转向拉布拉多犬，摸着它的鼻子说：“太棒了！那小可爱，你岂不是没事干了？”

我悄悄地给店主撇了下嘴，暗示她不要提及这个敏感话题。她站起身回到柜台处，神采飞扬地从一个黄铜盒子里拿出一把小钥匙递给我。

“欢迎来到我们的旅店，朱尔知道该怎么走去房间。哎哟！我真是不敢相信，爱丽丝复明了。五年前我刚认识她的时候，还真一点都摸不到路，朱尔御前侍卫似的护驾两侧。当然，对狗狗来说，确实是下岗了，如果我是爱丽丝的话，心都碎了。有时候我们还是要相信上帝，风水轮流转嘛！”

我跟随着她来到电梯口，朱尔自己爬楼梯上楼。朱尔居然能自如地在这里进出，我回味了下酒店店主说的爱丽丝经常约会的对象。我出现在爱丽丝度假的地方，还真是一场令人尴尬的旅程。一个失去导盲犬又刚复明的人，是没有任何理由一个人来度假的，我脑袋里一直盘旋着兽医说的话：据我所知，她没有男人。朱尔跟一个心无旁骛的媒人似的，用强烈的信念把我带到这里，接着我该怎么脱身呢？显然，旅店店主把我当成了和爱丽丝来进行双人之旅的新男朋友。

她帮我打开电梯门，问我：“我不是八卦，我只想知道，你和爱丽丝认识很久了吗？还是你们今年才认识的？”

“其实，确切地说……”

她睁着渴望答案的眼睛，打断我说希望不要认为她会说长道短，不要嫌她过于冒失，而我，内心却想鼓励她多说一些关于爱丽丝和她伴侣的事。不过，我还是尽快招认自己的来历为妙，不然爱丽丝他们在路上给她打电话，我就不妙了。我打算从头开始说故事，却被已上楼的朱尔不耐烦的尖叫声打断了。

“哇，它还真喜欢它的二十二号房间啊！您先安顿好，我得去物理治疗师那里一趟，我们晚些再见！不管怎么说，祝你们好运，看着吧，这家旅店会给情侣们带来好运的！”

她拉上了老电梯的门，帮我按下按钮“二”，古旧的电梯里散发着阵阵蜡和防晒霜的味道，摇摇晃晃地上了二楼，二楼是十九世纪新艺术风格，塞满了不成套的椅子和安乐椅。朱尔在走廊的尽头等我，抓挠着地面。我打开了二十二号房间的门，朱尔一头冲进浴室，迅速地转了一圈，向我转过身来，用批评的眼神望着我。我放下了背包，关上门，我置身于一间孩童房，里面放有一张七十厘米的床、一个柜子和在窗前面朝大海的桌子，格子窗帘把它与大房间隔开了，大房间里有一张铺着黄色床单的大床，床前的落地窗正对着一个木筋墙大阳台，一只海鸥停在阳台上的椅背上，不可一世地看着我，仿佛在等我给它做客房服务似的。

朱尔突然从我背后出现了，站起身贴着落地窗的玻璃吠叫起来，想要把海鸥吓跑。海鸥打量了一下狗，动都没动一下，翅膀就微微展开了三四厘米，好比人类不屑一顾地耸了耸肩。我让这两个灵物独自对话，自己回到了孩童房，有人来敲门，我去开了门。

“您好，先生。”一个年纪不轻的清洁女工低声说。

她进来后，把一个饭盒径直放到了卫生间。

“你好，朱尔，很高兴再见到你！”

朱尔从房里冲出来，直奔饭盒里的胡萝卜牛肉，三下五除二地在水槽边吃完了。我问这位女士，还有没有空余的房间。

“不好意思，没有了，这个时节我们一直客满的。祝您度过美好的夜晚和假期。”

她关上门的一瞬间，我倒在了套间的大床上，一整天的疲惫和心境的跌宕起伏让我只有一个想法：闭上眼睛，放空思想，睡上十二个小时。不管怎样，现在只有一条路走了：今晚先占用这间屋子睡一觉，明天早上开溜。清洁工打扫的时候会把我住过的痕迹抹去，爱丽丝到达后，会被告知她的狗在二十二号房间等她。我会给爱丽丝留下我的名字和电话号码，以及朱尔把我带到这里的经过，接着就听天由命吧。

朱尔也爬到了大床上，用鼻子在我胸口蹭了下，让我睡到一边给它腾地方。然后它整个身体平躺下来，看来先前是我占了它的地盘：貌似它是习惯睡左边的。估计它的主人把情人赶到孩童房时，朱尔就会这样鸠占鹊巢。我想到了母亲在约翰·克里斯坦打呼时把他赶到客厅沙发的事，如出一辙吧。我不由地问狗："你想让我成为谁呢，朱尔？"

它发出惬意的呻吟声，伸了个懒腰，后腿碰到了我腿肚上，我依稀被它的幸福感传染了。毕竟，现在的我只能买一件一百二十欧元的大号冲锋衣，就像当年我搬进黛摩比尔路时，随手给一个流浪汉的那件差不多。看来我接着要去山里露营了，白天找个咖啡馆上班，顺便给电话充个电。我的电话是静音模式的，而且爱丽丝怕引起她情人的嫉妒不会理我，那我可能都用不上电话，在重新把握命运之前，这样舒服地躺着，总算找到了点度假的感觉了。

忽然，朱尔从床上跳下去，回头看着我想要我跟它走。见我一动不动躺着，它从隔开大小两间房的窗帘处钻了出去，我听到了开门的声音，它一定是用爪子拧动了门把手，毕竟狗也要去解决内急，我闭上眼睛渐入梦乡。

二十秒后，它的呼气声把我惊醒了，它叼来狗绳，放到了我的右手里，执意要带我出去散步。我的眼眶湿润了，从来没有谁如此惦记着我。朱尔嘴里胡萝卜牛肉的味道让我意识到从早餐后我就没有吃过东西了，我接受了它的邀请。

雨停了，天空灰里带红的光晕染着云朵。它把我带到了闹市的餐厅处，停在了一个特色甜品店门口，那里的人也认识它。

卖冷饮的人问道："还是来个老样子的？"

她在蛋筒上堆了三个冰淇淋球，巧克力味、焦糖味和草莓味的，放到了朱尔嘴下，朱尔站起身子，靠着柜台，歪着脑袋咬住蛋筒，生怕把它弄翻了。它两只前爪伸向前来，把冰淇淋端给我。我倒想吃点咸的东西，却不想让它失望，我想它是在不断重现和爱丽丝假期的点点滴滴吧。我从它的嘴里接过被咬过的蛋筒，礼貌地享用起来，卖冷饮的人给朱尔准备了一个同样口味的。

我们走到旁边的长凳慢慢吃，我还挺佩服它的技术。它侧躺着，两只前爪交叉捧着冰淇淋抵着自己的胸口吃，舔着舔着冰淇淋球一眨眼就下肚了，接着它把剩下的蛋筒也吃完了，头往后一仰，把自己的下巴舔干净。等我也吃完了，它又把狗绳给了我，继续带我散步，面朝阿弗尔提炼厂走着，这个提炼厂便是明信片上海天一色景致中的另一道风景线。

穿过网球场，是有钱人的别墅——这算是真正意义的庄园，里面有专属的私人海滩。这是我曾经在黛摩比尔路那间头顶木筋墙的小窝时代的梦想，那个时候，我开始了改变世界的发明，也正是这些发明之后的各种连环效应，让我走到今天一无所有的地步。我用棕色的海藻制造塑料，把菌体转化成消除污染的因子，利用黑洞的能量去推动火箭，培育了随时可提炼成的药用植物，我拿了三十多项专利，成就了那些企业主如日中天的事业和越来越鼓的钱囊，如今自己却凄惨度日。

我的问题总是涉猎太广却资源不足：我对一切都感兴趣，把精力分成太多份，却搞得筋疲力尽一事无成。一直以来，我都在等候时机，感谢朱尔，它在短短几个小时内给了我破釜沉舟的冲动，我觉得自己已经不算是一个失败者了。现在已经没有退路了，我要重新成为贝都因的征服者，我要在养母面前一鸣惊人。从中学、大学预科到重点大学，我都很成功，却被一个女人整得一败涂地，又墨守成规地沦落到了这步田地。我要重新给自己一个开创的决心，重振名誉和未来，我不要再被动听的佛家随缘这套哲学忽悠了，以至于麻痹了我的思想，不知所以地默默承受着生活的折磨。我对命运又燃起了信心，朱尔选择了我，尽管爱丽丝生活里有自己的男人。可能那个男人根本不喜欢动物，非让她在狗和自己之间做出抉择。然而，她可以同时拥有狗和我。

“现在时间十九点！”广播里播报，“公共海滨浴场关闭，巡逻结束，我们祝大家度过一个愉快的夜晚。”

立刻，朱尔挣脱掉狗绳，一头扎进大海里，十几条狗纷纷效仿冲进水里玩耍，白天海滨浴场是禁止动物入内的，到处是画着狗、打着叉的三角形警示牌。我看着朱尔在沙滩上和斗牛犬、守门犬、牧羊犬还有很多不知名的狗尽情撒欢。它们为夏季的重逢兴奋不已，互相嗅着对方，嬉闹着，在浪里你追我赶。它那忘乎所以的快乐突然给了我一丝忧虑，在它眼里，我只是个带它跑腿的人？它和爱丽丝之间的媒介？还是必须为它前主人送到的一件物品呢？

少数还在细雨中戏水的人开始收拾东西回家了，电子显示板上说一个小时后会涨潮，晚上七点半必须全员撤离此地。最后一个和我一起留在沙滩上的人，是个身材挺拔、穿着法兰绒裤子、戴着熏衣草色阔边帽的老人，他慢悠悠地踩着有规律的碎步子，用沙锹在沙滩上画着几何图形，完美的线条把一个个大小不一的珍珠图形串成了一根项链，珍珠上还有螺旋式上升的图案，从天上俯瞰，一定美极了。我走上前去欣赏他的精雕细琢，他停了下来，沙锹悬在半空，看着一小阵波浪舔舐珍珠的圆周，浪退去时，他心存感激地歪着脑袋。

朱尔奔跑着过来，骤然在沙项链的边缘停下了。老人用手指摸了摸帽子，露出宽厚的微笑："晚上好，我的朋友，朱尔，现在已经七月了，可是……”

他的声音空洞却带着喜悦，倒也听不出年迈的感觉，隐约透着一股孤寂感。

“你亲爱的爱丽丝怎么了？”

朱尔静静地躺在画作之外，呈狮身人面像的姿态，像是在捍卫沙滩上的画作。我替它进行了回答，画者点着头听到爱丽丝换角膜康复后显得挺忧伤的，叹了口气，眼睛盯着地面：“至少，某人的梦想可以实现了！”

我跟着他的目光望向画作的外围线条，被潮水渐渐吞噬瓦解，朱尔吠叫起来。我说：“您画得太美了。”

“我每天都会重复一样的画。”他毫不谦虚地说，“我在和时间、风湿病以及颤抖的双手做斗争，我必须这样做。”

“您从事的是这一行吗？”

“这一行？”他重复了一下，像是在寻找这个词的意义。

“您是艺术家吗？”

“不是，我是商场技术员。但从事人类活动对我来说毫无趣味可言，我只想与高智商的沟通。”他气恼地望着天空补充道，“我在想麦田圈，有人竟认为是由恶作剧的人、军人或是外国人呈几何状地破坏植被才产生的，而这种解释还经常在媒体上出现。”

“有用吗？”

他用一种无奈放弃争论的眼神望着我，指着被潮水吞噬的画作，问我：“您觉得呢？”

“那所谓的‘高智商’，又是什么呢？”

“那需要他们回来找我。”

有一瞬间，我觉得他想要用一种更尊敬的方式来跟我诠释，他心里估计是对我的一窍不通暗暗同情的。我冒昧地发问：“您在暗喻不明飞行物吗？”

“如果您想要说这个，确实是。我九岁的一个晚上，他们把我带走了，我什么都不记得了，但是之后一直不顺，我一定是接触过一个更加高级的文明……”

我意识到自己是碰到了一个有宗教幻想的飞碟派，马上就会像传教似的跟我喋喋不休，我打算主动跟他说宇宙物理学，让他明白我绝不是那种受天外来客蛊惑的群体。令我惊讶的是，他居然能跟我在一个平台上交谈：黑洞、宇宙蠕虫、时空隧道、弦理论等等。他跟我在一个水准上，甚至比我懂得更多。

“我在中部地区的天文馆里工作了四十年，负责清洁望远镜。一天到晚跟那些天文学家在一起，被潜移默化地影响着。但是，即使用最好的一百零六厘米的天文望远镜，也看不见什么有趣的东西，没有飞碟，太阳系也没有任何外星人的迹象，也收不到任何天外来客想要和我们交流的讯号，没有丝毫发现。”

他脱下了衬衫，尽管他胸口有白色的体毛和褶皱的表皮掩盖，但还是能看出上面有棕红色的点，不是与生俱来的就是一种皮肤病，红点分布图形跟他在沙滩上画的图案很相似。

“这是他们留给我的所有东西，到底是一个记号、签名，还是模型，我无从得知。自打退休后，我大规模地复制这个图案来刷新这个印记。不能再拖时间了，现在，我都快八十岁了，或许和这个世界一样，他们也需要年轻人。”

水已经漫到他鞋底，他一动不动，用一成不变的语调继续说：“或许，他们根本不存在，他们只是我想象出来的，是我读的洛夫克拉夫特[①]小说里的情节。盖世太保把我父母掳走的晚上，我被藏在一个地窖里，是多么盼望有人来

① 20 世纪初的美国神秘魔幻主义作家。

把我带走，当然不能是德国人。这是个根深蒂固的梦想，主宰了现在的生活，您不觉得吗？”

我没有马上回答，朱尔已经放弃保卫他的画作，反而跟着涨潮的浪花在地上打起滚来，我说：“那你皮肤上的痕迹怎么解释呢？”

“可能是身体自己生成的烙印吧，跟基督徒随着耶稣复活产生的印记一样，肋骨上的钉子，流血，钉孔……是自我暗示。我是不信上帝的，人类是邪恶的，是恶魔的制造者，在浩瀚的宇宙里，我希望有另一群更有价值的生灵。”

他拿出手绢擦拭他的铲子，似笑非笑地总结道：“有些事不得而知，我就继续画画，向天外来客表明我的存在，这样日子过得也快一些，跟来度假的人有话可聊，锻炼一下手脚的灵活性对我的关节炎也有益处。您是什么情况呢？”

我退了一步，让自己站在干的沙滩上，老人问：“您在这苍茫宇宙中是干什么的呢？”

“什么都没干。”

涨潮停止了，他白天的画作终于不会再被潮水摧毁了，我跟他说了我从垃圾桶里的由来，我创造的绿色猪饲料，被昆德林偷走的专利，我把玩的那些酸奶菌、植被什么的，以及马卡龙，对爱丽丝一见钟情，我对未来的规划——今晚住在福劳贝尔，明天就要住帐篷了……他用一种顿显年轻二十岁的目光真挚地凝视着我，对他来讲，我成了一个被收养的天外来客，一个天马行空的邻居，沙滩上的兄弟。我不得不承认，除了我在克特叶大学期间认识的生物学论文女导师之外，还从没有遇到过这般有思想共鸣的人，当年论文导师把我安排去研究酸奶菌，却终究不肯离婚，接受我的求婚。

朱尔在我们身边欢快地蹦蹦跳跳，很满足地看着我们成为好朋友。它时不时叼来一块木头给我们，放到我们脚下，耐心地等待我们其中一个捡起来投向大海。会不会我这次旅行的目的不是与爱丽丝重逢，而是邂逅这个老头呢？

夕阳在云朵中落下了地平线，画圈的老先生跟我说他叫毛里斯·布朗，并邀请我们去他家吃晚饭，我婉拒了，当看到他手指着闹市的方向，我立刻改变了主意。朱尔貌似认识怎么走，侦察兵似的走在前面，在一百米远的地方，玛里波萨别墅门口等着我们。那是沙滩上最美丽的别墅之一，红砖白石子墙的小城堡，还有跟铅笔似的尖尖的岩石塔耸立着。

我们踏上了沙滩边缘被虫蛀了的六级台阶。毛里斯打开花园的门，跟我述说这个地方的历史。这是他家族的房产，他的食利者祖父为了还赌债把它割卖出去了，现在只有二楼和塔尖属于他。我们坐在阴森客厅里的藤椅上，墙上有他先祖的画作，弥漫一股樟脑丸和火药夹杂的味道。屋里有他在奥斯维辛被纳粹毒气毒死的父母照片，和他失踪的妻子在法国中部拍的照片。我们在故人的照片下吃着辣椒薯片、超市买的熏鳟鱼、芭比贝尔奶酪和果泥，所有的食物都浇上了当地的特色苹果酒，然而，主人的热情和自学成才的气场形成一种怪怪的氛围，在他古色古香的电视机下，朱尔在啃一根胶布做的骨头，看起来它很熟悉这个玩物。

我们泡了速溶咖啡，加了些苹果烧酒喝，主人从柜子里拿出了一个手电筒，跟递圣杯一样给我，低声说："我有个小阁楼，我在里面看着满天繁星，度过了我年轻时最美好的时光。如今，我有关节炎再也爬不上去了，您上去看看还能不能住人，总比住帐篷强吧。"

盛情难却，我来到塔楼的顶楼。小阁楼上有一扇发霉的门，通向一个磨坊，朱尔走在前面，显出和它庞大身躯完全不符的机敏灵活。小阁楼四周被一片稀稀拉拉落下的灰尘笼罩着，我跟着电筒的微光来到这个六平方米几乎令人窒息的阁楼上，有四扇天窗对着特鲁维尔的海峡，俯瞰着星星点点分布在海边的城堡，在月光和微风中呈现三百六十度全景视角。阁楼里仅有的几件家具是一张石油灯下的圆桌，一把破旧地毯上古老的椅子，一张架在橡木支柱之间摇摇欲坠的行军床。北墙上有片破碎的瓦片，地上一个个呕吐物的痕迹说明这里一直有猫头鹰的造访[1]。我倒不介意和这个老人同住，拉布拉多犬就像一个房产中介似的，谨慎地端详着我的反应，摇着尾巴跟我一起下了楼。

毛里斯说："我从来不关门，落潮的时候您可以用我的卫生间。"也就是说，他出去在沙滩上画图的时候，是他卫生间的开放时间。

虽然很困，我们还是在午夜前离开了，回到二十二号房间，我坐在桌前给爱丽丝写了和她的狗在一起的这一天发生的所有事。

---

①猫头鹰吃野生的老鼠会把不能消化的毛和骨头吐出来。

打了六遍草稿之后，我和导盲犬一个床上一个床下地睡着了，这是最后一个可以好好睡觉的夜晚了，之后就要去毛里斯的塔楼扮归隐的苦行僧了。为了躲避朱尔在睡梦中放的屁，我把鼻子贴在枕头上，脑袋埋在柔软的柠檬清香之中，在脑中搜索着爱丽丝的画面，真想梦见她，想跟她分享这份度假的私密，明晚她会跟另一个男人在这张床上做爱吧。我做梦都想变成这“另一个”男人，不知不觉中把她的现任给换掉，乐观地想，让自己变成在奥利机场时她想象中的我吧。

早上八点二十分，狗把我弄醒了，它浑身湿湿的，身上还有沥青和海草。我对夜晚唯一的记忆是一个噩梦：朱尔怒气冲冲地刨着一座坟地挖尸体，坟地管理员从坟墓里拿出一个有一条缝的垃圾桶，朱尔把我写给爱丽丝的信塞了进去。

“您自己把狗还给爱丽丝吧。”我把信和二十二号房间的钥匙一起交给福劳贝尔旅店店主时，她建议说。

朱尔去上厕所的时候，我一五一十跟店主说了事情的经过。店主表示将会去接朱尔，并让它耐心地等待主人的到来，而我，无法面对和朱尔诀别的场景。

“真可惜啊！”胖胖的诺曼底店主叹了口气，顺手把吧台处的印花坐垫拿来放在我膝盖上揉了揉以示安慰。

我鼓起勇气，想要向她打听和爱丽丝在一起的男人。

“我可不想雪上加霜让你更难受，”她信誓旦旦地说，又给我倒来一杯咖啡，“每个人都有自己的活法，您不是什么坏人，我想您很快会找到合适的意中人的。”

店主愉悦地拍了下我大腿，免了我的房费、早餐费和狗洗澡的费用，令我如释重负。

她说：“我会算在爱丽丝头上的，这是她欠您的，一旦我觉得您有机会追上她，我会给您发消息的。”

我背上包，寒暄了一番，在清冷的晨光下离开了福劳贝尔。我沿着昨晚的路走到了玛里波萨别墅，毛里斯应该还在睡懒觉，他的外窗还关着，而且现在潮水涨得很高，他还不能作画，沙滩上已然躺着不少享受日光浴的人。

我跟门卫借了个吸尘器，爬上了塔楼的小阁楼，那还真是个名副其实的猫头鹰窝。经过一个小时的打扫，我的避难所在阳光下总算看得过去。我把北墙破碎的瓦片用一张塑料纸替换掉了，塑料纸还是朱尔爬上磨坊楼梯的时候滚落下来的。此时朱尔竟然出现了！身上沾着狗厕所处的沙子和海藻，它忧心忡忡地来和我亲热了一番，蜷曲着身子躺到了圆桌底下。手机发出的短信声把我的目光吸引了过去，是旅店店主给我发来的：狗不在房间里，您和它在一起吗？

不用问原因，一定是狗害怕了。朱尔不敢独自面对平白无故把它抛弃的旧主人。突然我觉得我和它交流的方式不一样了，我能用它的立场看问题了。确实，我是一个礼物，我就是它演讲的开场白、一块遮羞布、一个引子，可以让它缓缓地被重新接受。

它不怕我，它要不遗余力地把一个弱女子交给我，它认定了我，要让我把二十二号房间里的男人换掉。显然，它并不喜欢那个人。和朱尔不同，我是个自打出生就被抛弃的人，一直默默无闻地蜗居着，等待时来运转，是朱尔，把我推向了生命的风口浪尖。

我拿起狗绳，下了塔楼想要把它牵回酒店，它与我僵持着，四条腿牢牢地扒着地面上的缝隙处，赖着不动。

“搞得定吗？”毛里斯夹带着沙锹正要出去作画。

我跟他说了现在的情形，他让我不要坚持了。

“等爱丽丝到福劳贝尔旅店时，您亲手把狗还给她呗！

毕竟，朱尔比您更了解它的主人，跟着它的感觉走吧。”

还没等到我的回答，他自作主张松开了朱尔脖子上的项圈，狗跟子弹似的飞速冲回了塔楼。我放弃了，我给旅店店主回了一条短信，让她等爱丽丝来了之后通知我，我去给她一个惊喜。

“顺便问一下，您在阁楼上安顿好了吗？”毛里斯问。

“非常好，再次谢谢您。对了，您有酸奶吗？”

由于前晚我跟他说了我的酸奶菌工程，他很殷切地从冰箱里拿出两罐香草口味的酸奶。

“这两罐可以吗？”

“绝对可以。里面可有很多东西哦。”

“真的吗？”

“链球菌、喜热因子、乳酸杆菌、胶鼓菌等等，这些活性菌的吸收最好了。”

“您能感受到这些菌的反应吗？”

“是的，它们会跟不同的催化剂发生不同的反应。”

他带着少许羡慕看着我，叹了口气：“您运气可真好。”

然后，带着他的沙锹，又去给他的宇宙同盟传递讯号去了。

视野里的特鲁维尔跟我想象中很一致：人，氛围，景致，光线……镇里的声音，微风的细语，建筑物外墙摸上去的手感，脚下沙粒的触感，阳光下的山间森林渗过来的清新气味，润物细无声的细雨，我的特鲁维尔真实地呈现在了眼前。除了夏日的人潮，一切都那么美丽、欢乐、轻快，完美得让我心痛。小镇的清幽秀丽和大海的波澜壮阔相得益彰，远离游览区的人群，空中的宁静时不时被海鸥的叫声划破，还有狗的吠叫，当然这不是我的狗狗。这是个没有朱尔的假期。

弗雷德说了很多遍朱尔离开是件好事，可以实现它导盲犬的价值，听得我愈发烦闷。过往的每个夏天，是朱尔让我喜欢这个地方，这段度假时光……从酒店到海滩，没有要穿的马路，也没有什么要应对的突发事件，朱尔成了一条无忧无虑的正常狗狗，整天吃吃玩玩，尽情地在海里嬉水，跟其他狗打闹，跟主人撒娇。为什么我要对奥斯曼医生让步呢？让朱尔成为一条宠物犬有什么不好？把它之后的每一天都变成假期，让它退休，跟我分享复明后的世界。确实，工具不用会生锈、会钝化，但一条导盲犬远远不仅是一个向导工具。奥斯曼医生忽略了我们之间的爱，我们的游戏，我们共同的冰淇淋时光——这些驯化不出来的宝贵东西，是共同生活中日积月累的产物。正是这种不可替代的关系，七年来把我和朱尔紧紧地连在了一起。

我不敢跟弗雷德讲我的感受，她拉着我不放，自以为让我独处会加重我的抑郁。自打我们到达这个地方，她就跟着我赤脚走在海滩上，其实她讨厌脱鞋走在沙里，也不喜欢在赌场之外的地方浪费时间。我还没有跟她说，不过已经决定了。我想把她留在这里好好和朋友们玩扑克，自己坐下一趟列车回巴黎。

我要去法国导盲犬协会拿回我的手机，还要想办法搞到朱尔新主人的地址，我会亲自去一趟，让朱尔自己选择。

我知道我很自私，这样做会毁了它和新主人最初的磨合期，打扰它的新生活，但是与其被内心的悔恨折磨，我情愿去面对这个矛盾。我当时太听信奥斯曼这个效率狂的建议了，他是个理智远远大于情感的危机管理人才，就这样把朱尔当个拍卖物似的交了出去。或许，和顿时失去主人相比，我的复明对狗狗来说根本不算一个悲剧，它会觉得我抛弃了它，自己根本没有存在的价值，这可比所谓的“技术型失业”严重多了，搞不好它会悲伤致死的。

我怎样才可以说服自己朱尔只是换了个盲人主人？我不会再养其他狗了。朱尔长期被我的喜好、视野、反应所影响，现在必然还是这样，哪怕不在我身边。我现在确信，奥斯曼的那套理论是错的。从我的一己私利出发，他所宣扬的“切断一切联系”大错特错。如果我的狗真的觉得自己被抛弃了，唯一解脱它的方法是让它在另一个盲人身上找回自我价值，那么我必须向它证明我依然爱它，它没有错，我授权它去帮助它的新主人。

“好吧。我们现在去吃饭吧。”弗雷德用女童子军般的嗓音来掩藏她的沮丧，“我不知道你感觉到了吗，沙子在动，脚底下变空了。”

我们走了半圈，我觉得不算远。我失而复得的另一项能力是对时间和距离的感知。特鲁维尔成片的小房子和郁郁葱葱的山丘，和我儿时雨天的周日用纸板搭出来的城市很像。那时候，我用剪刀、折纸和胶水建造起一条条整洁的路，完工后兴高采烈地踩上去。十七岁那个夜晚之前，我不太喜欢自己的模样，有种冷冰冰的虚幻感。

“在这里待两周对你有好处的。”弗雷德用回自己正常的嗓音说。

我一心想逃走，我看了下手表，那是她给我的康复礼物，一只卡地亚的白金表。等我们到了饭店，我会借故去厕所逃离这里：赌场广场上有出租车会载我去火车站，坐十九点五十分的列车离开。对不起，弗雷德，我选择用这种方式伤害你，要好过言语或沉默。至少，你会有一个真实的理由来埋怨我，或者说理解我。等我到了二十二号房间，我会很清楚，没有我的狗狗，我就不想在特鲁维尔多逗留一夜。

我从来没有如此努力地工作过，累得筋疲力尽，腰酸背痛，不过思路依旧清晰机敏。我在笔记本上奋笔疾书，写下了无可辩驳的政治企图，医药产业蓄势待发的盈利远景，把技术方案和理论背景相结合，再加上掷地有声的宣传语。

下午六点四十分时，朱尔焦躁起来。现在还不到海滨浴场停止巡逻、它可以自由扑进海里的时间。它不是兴奋，而是种发热的狂躁。然而，现在我停不下来，它挠着楼梯杆，叼来狗绳，盯着我看，随即又放下，去我的背包里把导盲鞍翻了出来，放在我的脚下，等着，叫两声，继续等待。

我的思路难免被它打断了，导盲鞍，是它的工作，它的自尊，服务于爱丽丝的象征，它还对最后一次上岗跟爱丽丝在一起念念不忘吧。而我，恰恰相反，我是再也回不到马卡龙店做店员了。现在，我是未来的创造者，星球的拯救者。

我重新开始打字，跟它一样悸动不安起来，必须得让自己的论述说服工业巨头和银行家，是的，生物降解的包装材料比加入百分之三十工业糖的传统塑料袋要贵上十倍，然而，我培养的菌体可以在三十六个小时内分解掉塑料袋四个世纪都难以降解的有害物质。

我高声读着自己的论述，分析着它对实用派的影响。朱尔叫了三声打断了我的思维。

“冷静！”

它闭嘴了，一动不动，把前腿伸到了我的笔记上。

“躺下！”

它把脸颊贴上了我的键盘，我厌烦地把它推开了。

“好好待着，不要动！”

它一头雾水地看着我，走到了楼梯口，伸出爪子指了指要带我去哪里。原来是旅店，爱丽丝应该已经到了。

我说：“躺下，朱尔！”

它低垂着尾巴，哼哼唧唧地回到我脚下，原地打了十来个转，蜷缩着躺在了圆桌下，用乞求的目光盯着我看。我的注意力又转向了电脑屏幕，我还没有写好，我必须把这篇东西写完，带着这个振奋人心的企划案去找爱丽丝，而不是一个拜她的狗所赐弄得一无所有、一副可怜巴巴老好人的样子。

朱尔闭上了眼睛，不再催我了。它的鼻子贴着我交叉的双腿，可能它搞明白了我按兵不动的缘由，也可能它和我一样怯场了，有点无法面对即将来到的判决，害怕被拒绝。对我们两个来说，最坏的可能是爱丽丝对现任男友钟情不二，而且她又养了一条新的狗。

我抬起头来，朱尔也抬起了头。我没法全神贯注地写了，无法逃避即将到来的命运决断，也无法置之不理。我保存了文案，关上了电脑。

我这才发现手机上的短信：我刚刚在约见我的供应商们，不好意思，现在才跟您说，爱丽丝一个小时前已经到了，她又出去了。加油！

我跳起来穿上了外衣，把导盲鞍给朱尔，它却不要了。它貌似改变主意了，现在它显得不那么执着了，和我一样，自由独立地飘零在世上。我不清楚是自己过于拟人化，还是它真的受了我的发明方案影响，骤然间，我俩似乎一条心了，奔着一个念头，我去成为爱丽丝的新欢，而它将成为一条新的爱犬出现在爱丽丝面前。

我们收拾打扮了一番，我用自己的梳子给它梳了毛，也给自己整理了下头发，我没有把它的毛从我的梳子上拿下来，这样我们就气味相投了，不可分离了。

它领着我下了楼，我们从面对大海的花园离开了玛里波萨别墅，它昂首挺胸地走过了闹市区，没有嗅地面也没找路，它很清楚要去哪里，我信心满满地跟着它。

我和弗雷德在沙滩里散了半小时步，伴随着她踏入坑洼的泥沼，踩到贝壳的各种叹息。我们到来加莱德餐厅，那是我们在特鲁维尔镇的食堂，她一屁股瘫坐在藤椅上。我们还是坐十四号桌，她一如既往地给我细细地描绘了火红的落日……如今，我看得见了，她其实不用这样喋喋不休，我没有搭理她，另外，邻桌很吵，她停了下来。我摘下墨镜，放在我们之间的桌布上。

“这是场很美妙的散步。谢谢你，弗雷德。”

“那你开心吗？不要再闷闷不乐了。”

“我没有闷闷不乐啊，我只是想念朱尔，你不想它吗？”

“我想念的是你。我感觉你的心一直都不在这里……

现在比在巴黎的状态还差，在巴黎，你总是心不在焉，看着别的东西。在船上，你在逃避我。到了这里，你甚至把我当透明的了。”

她有点哽咽了，突然拿起桌上的墨镜给自己戴上，想掩盖眼角盘旋的泪花，却差点被镜脚戳到了眼睛。看来，我不能像刚刚自己设想的那样一声不吭地离开了，我必须说点什么。

“对不起，弗雷德，我不再是原来的我了。我需要找回自己，我需要时间……”

“我在你的眼中已经看不到自己的存在了，我又老又丑，而且……不过，没关系。说吧，你想要我怎么样吧！”她有点失控，她这种情绪化一度很能讨我欢心。

她打了三次响指，女服务员来了。

“您是新人吗？珂莱特不在吗？”

“您指的是谁？”

“老板娘。”

“不在，您为什么这样问？”

“算了，我们要三打牡蛎、两条鳎鱼，一条面拖，一条煎。再来一瓶桑塞尔葡萄酒。”

“好的。”

我望着服务生去点单机上把订单输进去，跟弗雷德说：“你都没有问我还要不要其他东西。”

“这就是我一直不想面对的问题。”

她对着我温柔地微笑，像是她经常跟我认错的样子。我竟无言以对，我们怎么才能找回曾经的默契，那种我怀念的直言不讳，却渐行渐远的默契。她把墨镜推到额头上的头发上，她的泪水居然这么快就干了。

“爱丽丝，我知道自己不想要什么。我们要想办法拯救我们的关系，我不能忍受你颠倒我俩的角色。你给她们的印象是同情我才和我在一起，她们以前背着我提过，不过我倒无所谓。”

“她们说了什么？弗雷德。”

“她们说你看不见是我运气好，才能追到你这种大美人，等等。她们这样说我一点问题都没有，但是我们之间绝对不是同情和感恩，绝不是！要不你就真心实意地跟我在一起，我保证你不受其他人的伤害，你放一百个心；或者我从此离开。你知道的，以我的条件，什么样的女孩都追得上。我还是和以前一样喜欢你，但是，我无法忍受你的虚情假意。”

我握住她的手，跟她说：“我没有虚情假意，弗雷德。我现在自己都认不清自己了。仅此而已。”

“在这样的人生转折点，是正常的。不过你要快点做出决断，我不喜欢拖泥带水，百转千回。”

盛面包的篮子上来了，我们松开了紧握的手。弗雷德要了些黄油、虾和海螺。然后，毫无过渡地开始谈论我的将来。她还提醒我说后天要和诺曼底她的三个客户一起吃饭。

“如果你不再继续画画，可以做模特。这倒是很好的一步棋，去配合阿福洛想要搞的活动。我现在连广告词都想好了：‘盲人复明后的眼镜’，我们可以把画展和捐赠角膜的公益宣传结合起来。你愿意做这个领跑者吗？”

我说好啊。我很高兴重新看到弗雷德神采飞扬，和以前一样，足智多谋、古灵精怪。她说得没错，我俩不能互换角色，让我成为主导方总觉得不太对头。她能做得更好，毕竟我就是个花瓶似的年轻姑娘。虽然我不再是残障人士了，却也没有什么可圈可点之处，我有这个自知之明。弗雷德光芒四射，跟我在一起一点都不能给她增光。我无德无能，无欲无求，除了自立，没有丝毫野心，唯有一颗追求幸福和诚挚的心。我想我很容易让她失望，到时候，她出于骄傲的自尊会离开我，成为我们关系的杀手——尽管我讨厌这样设想。

我把面包皮剥下来，弗雷德烦躁地等着还没有上来的葡萄酒，我已经不自觉地把面包皮揉成了团。我对她既有认可，也有不满，矛盾在内心交汇。我既想如她所愿稳定地和她过下去，但又向往属于自己的自由。她不是我的救生圈，而是牢牢拴着我的锚。

我跟她十指交叉相握。

“弗雷德，我想和你在一起，和以前一样。”

“一切都没有变？”她用自嘲的口吻说。

“一切都变了，除了你。”

“你这是赞扬我，还是批评我呢？”

“给我点时间调整自己吧。”

一条狗就在我身后叫唤着，每一声狗吠都牵动着我的内心。出于对弗雷德的尊重，我一直没有转头去看它。直到弗雷德眼睛直直地望向我身后，手上吃海螺的叉子也停了下来，我才回过头去。然后，有一个声音在我身后响起：

“不好意思……”

我闭上眼睛，一动不动，沉浸在自己泛滥的情感之中。脑中有一个形象重磅回归，有一种置身戏剧的虚幻感，这个熟悉的声音，来自我前世那个黑暗的世界……

狗狗的腿抓着我的膝盖，湿漉漉的狗鼻子蹭着我的腿。

朱尔果然让她喜出望外，不过朱尔后退了一步，眼睛看着地面，仿佛害怕被斥责一般，或者它对前主人的不辞而别还耿耿于怀。我所看见的是爱丽丝握着对面那个女人的手，我突然明白了奥斯曼医生说“她应该没有男人”那种怪怪的语气，这个狗大夫把我的生活折腾得七上八下，如今我竟然不顾一切地想投入一个女同性恋的怀抱。

“你认识他吗？”对面的女人问爱丽丝。

爱丽丝跟二十二号房间阳台上的那只海鸥一样打量了我一番，她有眼袋，双颊有点陷下去，下巴坚挺，蓬松的头发卷卷地披在淡紫色的毛衣上。她的风格是弗朗索瓦兹·萨冈[1]和米歇尔·波纳雷夫[2]的结合。

“对，对，我认识他。”爱丽丝端详着我的脸，露出似曾相识的样子，低声说。

她站起身跟我拥抱，问了一连串的问题：“这怎么可能？您怎么会在这里？您是怎么找到我的？是我银行卡上的号码？”

她差点把我扑倒了，这事有多讽刺，让我不得不咽下对爱丽丝的憧憬。朱尔站着，两条腿各搭着我们一人，流露出完成任务的喜悦和一丝被赶走的忧虑。爱丽丝的目光从我这里挪开，重新回到朱尔身上。她的眼睛电力十足，自从我们上次相遇，我一直在揣测墨镜背后她那双眼睛的颜色，灰的？蓝的？绿的？紫的？我从来没有想过是黄色的，爱丽丝打破了我的沉默：“到底发生了什么？你们怎么会在一起的？它和它的……主人相处有问题吗？别告诉我您是把它偷出来的。请坐请坐，这是我的朋友弗雷德。”

爱丽丝透着害怕和兴奋交杂的神情。对我而言，是种

①法国著名的才女作家，年仅十八岁就出版了小说《你好，忧愁》，一举夺得当年法国的“批评家奖”。

②法国 20 世纪 60 年代到 90 年代的歌唱家和作曲家。

幸福的恐惧，女神终于出现在我面前，我都快哽咽了。朱尔焦虑地围着我们转圈，堵住了通道，来来回回的服务员都有意见了。

“您总得说些什么吧。”爱丽丝的朋友不耐烦起来。

我说我把车停在双行道上，有人还等着我吃晚饭呢，我把当时旅店店主伊丽莎白劝我亲手给爱丽丝的信交给了她，我跟她说，里面有我写的一些话，给她和朱尔的，这件事也算善始善终了。我还加了句“祝你们胃口好”，然后扭头就走了。

我快要到餐厅门口的时候，朱尔猛地追上来了，打翻了服务员送上来的海鲜盘，横躺在门口。

“走开，朱尔，求求你了……”

它不理我，还叫唤了两声，好比它一旦离开，我就会跌入万丈深渊似的，它对我的依恋甚至显得远远超过了爱丽丝。于是我做了个至今都觉得羞愧的动作，却同时也成了我生命中为数不多的骄傲：我自然而然地抬起脚轻轻地踢了它一下，以那种请它滚开的姿态，洒脱却令我羞愧难当。它一下来跳了起来，朝我投来了最后的一瞥，那一瞥犀利得要划破我的灵魂。然后它默默地回到了它的女主人们的桌前。

我是个连选择资格都没有的人，我只是把爱丽丝的狗给她带回来而已。

弗雷德想去追他，我拦住了她。我坐了下来，向走回我们餐桌的朱尔伸开了双臂，它躲开了我的拥抱，默默地躺在椅子下，对我的殷勤熟视无睹，马卡龙把它抛弃了，它才无奈地回到我身边。

我用颤抖的手指打开了马卡龙给我的信封："致二十二号房间，爱丽丝·嘉丽安"，不知是激动还是阳光耀眼，一个个字母竟在我眼前摇晃起来，我无法专心，看来还没法重新适应阅读。

"要我念给你听吗？"

她已然向我伸出了手，我把信给了她。她语调平仄地念了起来。

您好，爱丽丝·嘉丽安，我叫孜巴尔·德弗雷吉，在您去尼斯的那天，我们在奥利机场相遇。首先，我为您的手术成功感到高兴。不过我要告诉您，出于某些我无法知晓的原因，您的拉布拉多犬，被它新的盲人主人虐待，离家出走来机场找到了我。我们在拉杜丽甜品柜台前重逢的场面具有相当的灾难性，不过这倒使我找回了自己的本职工作——科学研究。我很好，您不用为我担心。至于朱尔……倒是经历了一番曲折，如果您有兴趣的话，可以打我的电话0601221813，我会跟您娓娓道来整个经过。奥斯曼医生让它提前退休了，现在您又是它的主人了，我希望你们两个都安康和美，这也是朱尔该得的。是它敏锐的嗅觉和对您的爱才把它带到了这里，我很高兴跟着它过来。撇开一些小小的事故不谈，我很荣幸能被它选中，成为它的追随者。事情就是这样的。再见，如果还有机会的话。签名：孜。

她毫无表情，生硬地读完了这封信，我脑中浮现起亲眼看到他之前对他容貌的种种想象，如今看到他，简单英俊的脸庞透着不知所措的尊严、隐约的距离感和绝望。弗雷德折起了信，放回信封，把它放在桌上推向了我，看着我的眼睛说："我真的不知道该怎么评价这件事。"

为了避免冷场尴尬，我叫了朱尔。它听到我不安的声音，一下子就从椅子下面蹿了出来，我使劲地抱住它，泪流满面。

"我想死你了，我的狗狗……我没想到你在这里，我们会好起来的，我们马上就要开始新生活了……现在我能和你一起发现世界了，你知道吗？还有，你现在有权利做很多别的事情……"

这世上居然还有如此真诚的人！

朱尔把它的前腿从我的身上放下来，鼻子贴着我的膝盖，等待我发号施令，完成我的心愿，和以前一样确保我的出行安全。然而，我感觉它好冷漠，只是在履行它的本职工作而已。我们只是似曾相识，我们之间缺了什么，某个人。

"不对啊。"弗雷德说，"我们可别被这个马卡龙家伙忽悠了，他这样免费把狗还给你，一副天真纯情的样子，什么都不问你要？"

我咕哝着:“我们要相信别人。”

“你可别糊弄我了,好吗?你看到他看你的眼神了吗?他知道我们是一对吗?奥斯曼医生和福劳贝尔的老板娘一定没告诉他。你也看到了,他当我不存在似的。说到狗狗,你好啊,朱尔。”

我悄悄地推了一下朱尔,让它礼貌地表示一下,它乖乖地向弗雷德走去。弗雷德给了它一块黄油面包,朱尔转头看看我,得到我的准许后,把一大块面包都吃了。

“在我看来,这狗一点都没变。”弗雷德叹了口气说,“那个神秘的、有着骑士精神的服务员,居然无缝衔接地从甜品店店员变成了科研者,他算盘打得很好,知道你欠他一个大人情,等着你主动联系他呢,这家伙太厉害了。老实说,他讨你喜欢吗?”

我没有回答,面对这样的大好人,弗雷德却这般犀利和狭隘,我懂她的心态,但我不认同她的话,我反驳说:“我当时跟你说他怎么把朱尔从货仓里救出来,你还说我夸张了他的英雄主义。现在你看到了吧。”

“听着,站在你的立场上,他是个沙漠王子,有点背景的阿拉伯人,想要给你来一出灰姑娘与白马王子的童话故事搞定你。好了，说也奇怪，我现在不饿了。我走了，需要的话，到赌场来找我。好好享受这一桌菜，你还可以安静地给马卡龙打电话，你们不是有很多话要聊吗？”

我抓住她的手腕让她坐下来，放低嗓音一字一顿地跟她说：“第一，他刚刚说了，他有饭约了；第二，我是来跟你吃饭的；第三，你记不记得我根本没有手机。”

她嘴角扬起了一丝笑容，拿出了黑莓手机，帮我按了一串号码，把手机给了我。

“那么给他发个短信说明天中午见他，我要去打扑克牌了。”

朱尔来要求我的抚摸。我能感觉到，刚重逢的紧张和害怕已经渐渐消散，之前我对我俩的生分还郁结于胸呢。我左手抚弄着朱尔的耳朵，右手拿过弗雷德的手机，说：“你是想要告诉我怎么写短信吗？”

弗雷德和我一样激动起来，贸然地输了一段话，同时说：“‘亲爱的孜先生，逗号，我刚刚读了您的信，我已经不太记得您做了什么，句号。请不要回复到这个手机上，这是我朋友弗雷德的手机。如果您明天下午一点有空的话，逗号，到福劳贝尔旅店给我捎个信，我们在加莱德餐厅见。’

你可以给他打一个微笑或者拥抱的表情，鼓励他出来和你约会，我们就会看清他到底是什么样的货色了。”

我看着她的眼睛，短信发送出去了，她打的号码是错的，是12结尾而不是13。我没有戳穿她，这可能是无心之失，也可能是她耍的小心机，我内心觉得很可悲，却不想再度伤害她的自尊了，回酒店我再自行打电话给马卡龙吧。

朱尔来示好，舔我的手，我抱紧它，使劲地嗅着它身上特有的榛子海苔味，我是多么想念这个气味啊。

孜巴尔·德弗雷吉，我喜欢这个名字，跟他的气质很相符，尽管我现在已经无法不称呼他马卡龙先生了。三周以来，我已经习惯了这个跟真名毫无关系的绰号所牵动起的情愫。

“爱丽丝，这样一个家伙，你真的要去见吗？”

她粗俗的用语和之前假模假样的拨号弄得我不想给她任何理性的回答，我细细想了下说：“他这样好的人，应该是男同性恋吧。”

“你可别抱有什么幻想。”

侍酒师捧着酒过来，弗雷德略带忧郁却从容大度地说：“由这位女士试酒。”

我穿过小孩的嘈杂声和各种海鸟叫声，回到玛里波萨别墅。刹那间，我的心情从激昂下滑到愧疚，从自豪跌落到自嘲，内心一次次进行着矛盾的循环，觉得自己英雄主义，悲壮，懦弱，伟大，无足轻重。爱丽丝求而不得的魅力掏空了我的心，而我的现况和牺牲是多么可笑，让我不得不极力掩饰怨愤，残忍地对待朱尔。

在俯瞰整个特鲁维尔灯火通明的小塔楼里，我又投入到创作中。我明白种瓜得瓜、种豆得豆的道理，我没有在失败中沉沦，而是重新找到了生活的意义，对自己的学识和思想拾回了信心。还有，必须割断不切实际的幻想破灭给自己带来的苦涩。

这到底是不是个偶然？赐予我这个神奇办公室的老人跟我一样，是个孤独的挑战极限的人，跟着潮起潮落，坚持在沙滩作画的固执鬼，一个只顾自己的梦想工人。拉布拉多犬没有成功带给我一个爱情故事，而是把我带到了沙滩上这个老人面前，给了我一个工作的场所，以及灵感和复苏。任何事情都有发生的意义，却未必有结果。如谚语所说，机会只给准备好的人。我心情很沉重，然则思维很清晰。我现在得把自己和科学创新结合在一起，并孜孜不倦，将我的研究传播于世。

我的手机震动起来，是个02开头的号码，应该是福劳贝尔旅店打过来的。响了两声就不响了，我看了一会儿手机屏幕，没有收到任何短信。我犹豫要不要给爱丽丝打回去，不过还是尊重了她选择沉默的想法。我在闷热的塔楼里，光着膀子重新开始工作了。

几声持续不断的敲门声把我惊醒了，阳光透过我的脸庞照射在键盘上，声音是从楼下传来的。

“是我们。”

我猛地站起身，头撞在横梁上，我稳住了差点撞翻的桌子，抓住了电脑和纸张。

“门是开着的，我们能上来吗？”

“能，能……”

我正要从这木笼子里钻出来，朱尔已经爬上了楼梯出现在我面前了，嘴里叼着一袋羊角面包。爱丽丝跟着它，穿着蓝色的紧身裤，手里拿着一个有塑料盖子的一次性杯子。

“我知道毛里斯家的咖啡很难喝的，你怎么样？睡得好吗？”

我赶紧后退，手忙脚乱地把衬衫穿上。她的目光停留在我插着电极的两罐酸奶上。

“这就是您所说的科学研究吗？”

“是的。”我边扣着牛仔裤的纽扣边嘟哝着。

我平复了下心中的小鹿乱撞，跟她说这个是电波图，跟她解释酸奶里面的菌体是怎么运作的，当我给 B 罐酸奶加糖时，可以清晰地看到 A 罐酸奶的峰值。

“这是酸奶 A 在吃醋吗？”

“不是，但是它能感觉到，就像动物和树木能感受到人的情感和意图。所谓初级感知，就是菌体之间的互连关系，上世纪七十年代，克里夫·巴克斯特[①]就阐述过了。我又重新整合了他的作品，验证他的理论。”

我看着她的脸，时而显出一副听玩笑话的神情，时而又不知所措，她应该认为我在胡诌，还碰巧找到了一点理论依据。

“我能认为，这些酸奶可以监测到我有没有说谎吗？”

“这并不稀奇，我们人体本身就是由百分之九十的菌体组成。”

她做出恍然大悟状，总结说：“难怪毛里斯挺喜欢你的，不过，我是笛卡尔[②]主义哲学拥护者，对不起。”

“我也是啊，一六四六年时，笛卡尔是第一个研究人类情感对偶然事件产生影响的人。”

“您可别告诉我，您也是个好赌的人。”

她一下子脸红了，我知道为什么，但是没有表现出来。我说我可没有钱赌博。她很快转移了话题：“我高考后就没有上学了，您呢，上的是哪类高校？”

“我上了六个月的法国政治学院，然后学了农业，去

---

①主张植物皆有感知的美国中央情报局测谎仪专家。

②二元论者以及理性主义者，相信理性比感官的感受更可靠。

了国立高等化学工业技术学院，攻读生物学和天体物理。我有一篇论文写的是黑洞的热力学，现在正在写的是如何将菌体转化为抗污染因子。”

我心里的声音是：现在我已经没有追你的冲动了，你如果喜欢男人该有多好……她的微笑不由让我咽了下口水。

“我唯一的工作经验是和猪打交道，改善它们的食物和排泄物的质量，减少污染，我很喜欢它们。”

“它们能感觉到的吧。”

朱尔盯着嘴边的羊角面包看着，爱丽丝揉着朱尔的脑门。

“我要感谢您为朱尔做的一切，然后……其实我没有选择，是它直接把我带到这里来的。”

她把咖啡纸杯递给我，还很烫，我把它放在了桌上。她看了看我的行军床和没有展开过的四四方方的被子。时间停滞了片刻，我说我也有东西要给她，从包里掏出了她的苹果手机。

“奥斯曼医生让我把它还给你，如果我比他更早遇到你的话。”

“我知道，昨晚我在酒店给他打电话了。”

“哦，他跟你说啦？”

“是的。”

我把手机给她递去。她的手插在裤子口袋里，右手微微动了下，我心领神会地把手机送到了她手心和裤袋的衬里之间，我的手和她大腿的接触让她眉毛微微上扬了一下。我已经不在乎这是种指责还是情愫，我俩相隔二十厘米，面面相觑，她能感觉到我的犹豫，而我能感觉到她有所保留。

朱尔又发出了呻吟般的叫声，嘴里紧紧地叼着羊角面包的袋子，仿佛在为昨天的挡路事件请求原谅一样。爱丽丝一定是误会了我的感受，认为有必要说明一下：“我所说的直接，其实我们也去面包店逛了一圈，它不肯空着嘴过来，我想它给您添了不少麻烦，您信里所谓的一番曲折，后来没事吧？”

为了避免尴尬，我在朱尔面前蹲了下来。

“需要道歉的是我，昨天我不想勉强自己和你们一起进餐，表现得很冒失，对不起，朱尔。”

我伸出了手，它以为我要拿走羊角面包，高兴地跳了起来。我站起身来，目光又和爱丽丝相遇了，她又把手插进了口袋，微微抬起下巴。

“其实不用，马卡龙先生，我当时不在……对不起，我改不过口来。”

她朝前走了一步，盯着我看，让我忐忑起来，怕自己按捺不住情感而失态。那么久以来，我们素未谋面，现在已把不直视对方的礼仪抛之脑后了，四目久久交接。

“您知道吗，孜巴尔·德弗雷吉，有一件事对狗狗来说很可怕，就是它给你带来根棒子，而你不要。”

我心中一阵悸动，大胆地问她所谓的棒子是什么。

她把手搭在我的肩膀上缓缓地贴近我，嘴唇伸向我的脸颊。

“谢谢您在机场救了朱尔，也谢谢您把它还给我。”

她在我的左右脸颊各亲了一下，如同在分别嘉奖我的两项壮举。她茉莉花香的香水味覆盖了我散发的汗味，想来这种杂陈的气息不会使她愉悦。我回答她：“谢谢您能来这里，爱丽丝。”

我慢慢地搂住了她的腰，想要亲她，她上身向后退缩，小腹却微妙地贴到了我肚子上。

“其实，我不是为此而来的。”

“我也希望不是。以后，我一无所有，要默默后悔了。”

“什么以后？”

“在……难以控制的冲动以后。”

她没有急于挣脱我，继续问道：“您经常会有这种冲动吗？”

“幸好没有，这样的冲动，并不频繁。”

她收起了笑容。我从小就在外交环境下长大，然而对我的性格倒没有太大影响。现在，这种潜质可以任意地为我所用，很自然地展现在我充满技巧的谈话中。我的双手还搂着她的腰，跟她说我在女人面前会害羞。她退了一步：“我刚刚说我不是为此而来，指的是……”

不经意间，我的鼻子触碰到了她的嘴唇，我帮她把话说完：“指的是，是狗把它的主人带到这里来的。”

她站直了说：“不是的，我叫朱尔搜寻，它就找到这里来了。”

我认为这是一个接受我的讯号，我缓慢地把手从她背上滑动到她肩上，想要渐渐滑向她的胸部，她没有阻止我，也没有作声，仿佛在感受自己身体的反应。或许我只是一个试验品，她想要和一个男人尝试不同的性爱，这不是什么大不了的事。带着毫不勉强的试探性，我继续温柔地抚摸她，如果真是这样的话，何乐而不为呢。

当我的手伸进她上衣里，她阻止了我，可能是想要让我停下，也可能想要延长这种爱抚，她依稀带着悔恨低声说：“我来是为了弗雷德，她整夜都没有合眼。我有镇静剂药片，不过她过敏。朱尔不停地挠着门，还尖叫，弗雷德都爬起来十几次了，还以为它生病了呢……其实，狗狗想你了，你或许觉得二十二号房间的儿童床不够舒服，不过看来还比你这张床大一点，但是……”

现在轮到我脸红了。旅店老板娘把我出卖了，已经没法装无知了，我也不想承认自己睡了她的大床，不得已嘴里冒出了最后一个音节：“但是什么？”

“弗雷德想问你，今晚能否继续睡到我们那里的儿童床上。”

尽管她显得很真诚，这个提议却让我惊恐不安，为了不让自己表现得冷漠无情，我还是答应了。爱丽丝别无他求，只是要找一个狗保姆来安慰她的女朋友，图个安静而已。我停止了对她亲热的爱抚，她把手放在我的髋部与我保持十厘米的距离。

“我知道，给你发出这样的邀请很尴尬，但是我知道的，你能感觉到我们之间的一些问题。狗狗的事情当然是个借口，自从我手术以来，弗雷德一直与我为难……她认为像你这样的男人和我们住在同一屋檐下，会对我俩的关系有帮助，我也不清楚，可能是催化剂，也可能是拔钉器。”

“谢谢。”

“你明白我说的意思吗？”

“当然，我尽力吧。”

“早上我们计划去特鲁维尔的市场买东西，下午晚些的时候，我们假装在沙滩上相遇吧，弗雷德租了一百十三号帐篷，离加莱德餐厅只有二十米距离。”

我点了点头，她朝我古灵精怪地笑了笑。我的手继续抚摸着她。

“您不认为我们共处一室是在玩火？”

“说的是啊，值得一试，不是吗？”

比起抚摸她的触感，她眼中流出淡淡的焦虑和爱意，更让我欲火焚身。我说：“好吧，就跟弗雷德说这个提议是我想出来的吧。”

“不用了，这不合适。祝你度过愉快的一天。”

她十分敏捷地下了楼，朱尔看了看它的主人，迟疑了一会儿，放下了叼着的羊角面包袋子，跟着主人下楼了。

从面向特鲁维尔的天窗中，我看着朱尔朝着闹市的方向渐行渐远，心中很郁闷。我的人生，从叙利亚的垃圾桶到这次诺曼底之旅，总是那么被动，直到现在都这样，可能真是我的错。我母亲望子成龙，是想让她的前夫相形见绌，并为她的自传提供伟大素材。昆德林把我耍了一通后，逼得我不得不挖掘发明者的潜质。朱尔，对我空前的信任，让我又找回了幸福的满足感。毛里斯倒是把我当成了知音，让我住进了他儿时的阁楼，还与我分享那些疯疯癫癫的外星梦。更有甚者，年迈的女同性恋竟邀请我去和她们这对情人同住，作为拯救爱情的战略手段。

面对这么多命运的选择，该是时候自己决断了，至少，我不能让自己成为受害者。

到底是什么让我编了这个故事？我想看看弗雷德面对狗狗的拯救者出现在她躺椅上的神情。

我在塔楼上一定是脑袋坏了。他迷惘的微笑，温柔的眼神，他的身体，他触摸我的双手……仿佛抹去了我十二年的晦暗，病态的恐惧，对男人，尤其是主动搭讪者的抵触。弗雷德曾经是保护我的壁垒，现在我却要利用她消除心中对男人的防线。

黄昏中紧闭的百叶窗下，弗雷德在床上练着瑜伽，双腿向上伸展，眼睛上盖着两片猕猴桃躺着。我立刻向她承认了我刚刚以她为由跟马卡龙编的故事，她悬在空中的腿顿时倒在了垫子上，猕猴桃片从眼睛上滚落下来。

“谢谢你告诉我，我还真处在一个微妙的位置上，我想马卡龙对你表达爱意了吧。”

我扑进了她怀里，我背叛了她，反而需要她来抚慰。

“没关系的，我的天使，这是命运……我不会过分保护你，让你糊里糊涂的。如果你需要一个男人找回自己，去吧……我对你唯一的要求，就是不要跟我撒谎。”

“我没有跟你撒谎。”

“你有。你每次看着我的时候，我能从你的眼中感觉到。来吧，我们去买一些衣服，我知道你的狗狗不喜欢逛街，叫它乖一点好好看家。”

我给朱尔下命令的时候，它正在啃食弗雷德掉落的猕猴桃片。我把落地窗的门开着，让它随时可以去追逐海鸥，免得像去年一样，把玻璃门都打碎了。

弗雷德去马路上发动她那辆老式跑车，据她说必须预热二十分钟才能开到五十公里以上的速度。我在旅店大堂的角落等她，看着朱尔在我们的阳台上背对着我，站在靠垫上倚着护栏，它在远远地眺望玛里波萨别墅，眺望着孜巴尔·德弗雷吉。

震耳欲聋的玛莎拉蒂车厢载着我们来到特鲁维尔镇中

心的停车场，一路看到卖泳衣、鞋等各色商品的货摊，我们不断地在讨论一个人。我跟弗雷德说了我所知道的孜巴尔在拉杜丽之外的生活：黑洞的研究、猪圈里的职业经历、酸奶的电极、可以抗污染的感应菌，这些碎片信息像一幅难度颇大的拼版似的渐渐拼凑起来。

弗雷德补充道："一九八三年的费米娜奖。"

"什么？他还是个作家？"

"不是。他是书里的主人公。孜巴尔，垃圾桶的孩子。你在塔楼跟他亲热的时候，我用谷歌查了下这个人，查到艾丽安娜·德弗雷吉的网站。不是我要泼你冷水，有这样一个母亲，这人不会有什么大出息的。"

"他还真是深藏不露啊。"

"跟安东尼·博金斯在《惊魂记》里演的那种人一样。狗狗倒确实很喜欢他们。"

"我想给他买个礼物，你说他是什么尺寸？"

"马尼士[①]标准号。"

"好好说嘛。这件羊绒衫应该不错吧。"

"冬衣？你还打算把这人的保质期留到冬天？先尝试

①法国知名避孕套品牌。

一下吧，我们再议。”

我挨紧她，吻了她的脖子，停止探讨这个话题。她的电话响了，她看到来电号码到树荫下去接电话了，我看着她的脸渐渐拉长了。

三分钟后，她回来帮我选毛衣，还跟刚才一样讽刺加上喃喃抱怨，却显得心不在焉。

“是客户有什么麻烦吗？”

“是的，唉……没关系啦。你要选这件衣服？”

我没有追问。这是我们的相处之道。当她不想谈论某个话题的时候，我会把自己置之度外，她心领神会并心存感激。十五年前她战胜了她的第一个癌症：肿瘤医生无法说服她顺从医嘱，她还继续抽烟。她现在搞慈善晚宴的时候从来不忘炫耀一下这段光荣史，强调说她的康复和医疗部门没有太大关系，而是勇士精神造就的，靠的是钢铁般的意志，她每个月都输血、针灸，还坚持看滑雪选拔赛和环法自行车大赛。仅有少数的一些难熬的夜晚，她把我当作了生存的动力之一。

“给他买件黄色的衣服吧，和你的眼睛很相配。”

我没有顺她的意，买了件米白色的。我想我在塔楼说的话可能是个先兆，弗雷德最后抱有的一线希望是让我跟一个男人尝试未果，又死心塌地跟她在一起吧。

“你还爱我吗？”她边发动玛莎拉蒂边问。

“当然。”

“这不是一个问题，而是提醒你。爱丽丝，你有权做任何事情，除了跟不值得的人在一起糟蹋自己浪费生命，我是不会支持的。等一下马卡龙来了，去和你的狗狗一起玩水吧，我想单独跟他聊聊。”

她离开了停车场，在路上超了一辆警车，警车响起了警笛。弗雷德出示了警察孤儿院的捐赠卡，扣了三分，但是他们还是谢了她，她每次都这样挑衅警察。晚上就会喝威士忌，我们又要一夜无眠了。

是的，我还爱她。忽然，我有点害怕，她会让出位子，把我交给别人，亲自把我交给可靠的人，就像以前我对朱尔所做的事。

“你买的衣服呢？”回到旅店她问我。

我才意识到我把它留在了市场货摊上。

“你想要回去拿吗，亲？”

“不用了，我还是喜欢你叫我天使。”

我看着爱丽丝和朱尔在涨潮的浪花里嬉戏打闹，完全不理会广播里反反复复播放的“上午十点到下午七点禁止狗下水”的指令。巡逻的救生员骑着摩托却没有干预，与站在浴场办公室顶层的同事说，是朱尔和它的盲人主人。

“算了，达米安，不要勉强他们。她现在能认出我俩，我们免得被政府批评。”

我经过的时候，跟他们说，朱尔这个情况是一个法律盲点。二〇〇八年以来的欧盟法没有任何法令规定盲人复明后必须和导盲犬分离。

“谢谢您，先生。”

“不客气。”

一百十三号帐篷是蓝色的，由红绳子扎的。爱丽丝的朋友软软地躺在椅子上，穿着半截腿的泳衣，这应该是今夏的流行吧。她抽着烟在读《世界报》。风把她看完的报纸吹走了，她置之不理，打沙滩排球的人把飞走的报纸给她放回原处，她没有道谢。我跟她问了好，她用香烟示意我去相邻的躺椅坐下，我掸去了椅子上的灰，背着阳光躺了下来。

“那个抗污染的菌体，是怎么回事？”她把报纸摊在肚子上朝我发问。

“啊，您知道了，爱丽丝跟您说的吗？”

“我们就开门见山吧。你那玩意儿有市场价值吗？”

“当然，市场价值巨大。”

“比如？”

“抗辐射奇异球菌可以在核污染后去除放射物质，肠杆菌可以同化农药和塑料袋，硫杆菌可以分解重金属，变形菌可以把吸收到的硝酸盐转变成氧气……”

“您说这些菌还能互相感应？”

“更厉害的是，当一种菌开始运作，它的同属菌类会效仿。”

“已经科学证实了还是理论推演阶段？”

“现在还是推演阶段，不过已经在报上登过了，这是我们地球的重中之重。法国一如既往，都已经落后了呢。”

“你会负责生产线的实施吗？”

“会的，如果我能搞到资金的话。”

“这是我的工作。”

“真的吗？”

“不要激动，我可不是搞慈善的。不过在这方面我很专业。我不想看到有朝一日爱丽丝被您拖累得只能露宿街头。她已经习惯了有质量的生活，这事我得事先跟您说明白了。我能搞定钱的事，我希望之后操作实施的工作可以顺利运作起来。我帮您，前提是您值得我帮。您先发个草案给我，我要给投资人研究一下，如果他们满意的话，您就可以主宰世界了，我把您的皇后也让给您。如果他们说不行，那您也完了，清楚了吗？”

“我想应该是爱丽丝在我俩之间做出选择，不是吗？”

“没错，只是我可不是狗。我不信子虚乌有的事情，我也不下重注，这样更容易抽身出来全身而退。如果您没有那个水平，爱丽丝会收到一份关于您的研究漏洞百出的报告，您甚至没有经费为自己辩护，我在圈内有很多关系，要知道，毁掉一个人比要捧一个人容易多了。”

她折起了《世界报》，在我膝盖上拍了一下，让我放心。

“这可不是针对您，只是给您点压力让你变得更优秀。如果您不成器，只是摆摆样子的，我希望爱丽丝可以马上回心转意。爱丽丝刚刚开始新生活，我不想她背上一个累赘。您说对吗？”

“我才跟您女朋友说了十句话不到，您不觉得这样约定为时过早吗……”

她把脑袋靠在躺椅的支柱上，长长地叹了口气，看着我的球鞋，用意想不到的温柔跟我说：“我和爱丽丝在一起是算着日子过的，我早就知道我对于她来说，只是人生的过渡阶段，很正常。相信我，和她在一起的这些年是我最美好的时光。懂了吗？”

我被她柔情似水的语调弄懵了，不由自主地回答：“明白了，那就这样说定了。”

“好吧，回去工作吧。这样晚上就可以把您的草案发给我了。而且不能把我们的对话告诉爱丽丝哦，这是我们之间的秘密，好吗？您就跟她说，我跟您简单说了下她被强奸的事，如果她知道我们拿她做交易，您和她就没戏了。”

面对她步枪般射过来的一连串信息，我被“强奸”两个字震惊了。

“什么，强奸？”

“爱丽丝十七岁的时候，很喜欢和男孩子混在一起，和他们做爱。有一个男孩子，她最好的朋友，不敢公然约会她。一天晚上上完课，他带来两个朋友壮胆，但是情况失控了，他们害怕了，其中一个用防狼喷雾喷瞎了爱丽丝的眼睛。这个人没有去认罪，另外两个人替他坐了牢，被判了二十年，因为行为良好，明年就会被放出来了。好了，您现在知道很多了，手上的牌够多了。不是驳你面子，我可在您事业和爱情上都帮了大忙。我们今晚会带您去赌场吃饭，您去把包寄存在酒店前台处，晚上八点整加入我们。不要提这件事，爱丽丝会认为这是情感勒索，我相信您不会说的。”

她在沙里掐灭了烟头，把《世界报》给了我，整理了下躺椅上的垫子，便朝福劳贝尔旅店走去。我用报纸半遮着脸，看着她消失在加莱德餐厅的转角处。此刻在我脑海中澎湃的想法只有两个：她刚刚揭露的爱丽丝的可怕过去，和她许诺我的美好未来。

突然间，朱尔把我掀翻在沙滩上。

“你还好吗？”爱丽丝拖着朱尔的项圈，不让它狂舔我。

我挣扎着站起来，脚被长椅的椅脚绊住了。爱丽丝迫不及待地用炽热的眼神望着我。我显出一副轻松的样子叫她放心。她的脸有点苍白，我低下了眼睑。她用两根手指提起了我的下巴，冷冷地说：“这是一个事故，好吗？你把这个画面从脑袋里抹掉，我已经摆脱这个事故了，这跟你没有任何关系。”

我被吓了一跳，赶忙说我俩只谈了工作。我从来都不擅长撒谎，而她却好像相信了。她伸手把我身上的沙和肩膀上的脏东西掸掉了。朱尔在一旁鲤鱼跳，叼来一只帆布鞋想要让我扔过去陪它玩。爱丽丝微笑着抚摸我说：“我是一个正常的女人，但不代表说，我是一个简单的女人。”

我轻轻地吻了一下她的嘴唇，去跟她的狗玩耍了。

我在旅店门口遇见了弗雷德，她只字不提和马卡龙的交谈。

“我们晚上七点半在巴卡拉纸牌的地方见，我们会邀请他去赌场吃晚饭。”

“为什么是赌场，狗狗是禁止入内的。”

“就要这样。你需要独立于朱尔，一个人静静地想一想对不同人的感觉。”

她说得没错，我愣愣地看着她说完这话渐渐走远。我牵着朱尔的狗绳，一起去了熟食店，给朱尔买了它最喜欢的菜，一块烤鸡肉和一个蛋糕，安抚它即将面对的孤独，话说我们三个人吃饭这个组合，是我这辈子经历的最不自在的事了。

弗雷德远远地朝我招手，笑得很欢。她坐在巴卡拉纸牌室上方的栏杆处，桌上还有第四套餐具，一个刚成年的性感女子坐在桌前发着短信，重叠地穿着三件T恤衫，肩膀裸露在外。

“你还记得艾莱诺尔吗？”

“没有e结尾的艾莱诺尔[①]。”女孩站起身来跟我贴面亲吻，“我们之前见过，太好了，您的眼睛康复了？”

“是宝勒福家的姑娘。”弗雷德提醒我说。

我在脑海中搜索她那性感的声音，对了，是去年夏天在她父亲的药房里，那个欢快地把药递给我的女孩：“普鲁普迪尔和拉克萨托尔给嘉丽安女士，祝您度过愉快的一天。”

弗雷德接着说：“她想成为喜剧演员，她周末在哈佛尔上相关的课程，我看过她网站上的表演，打算把她介绍给大家认识。”

我变得雀跃起来，没有带朱尔来，却遇见了特鲁维尔

①法语里面两个名字Eleonor和Eleonore同音。

小姐，何尝不是一件乐事啊，说起来还真的像盘算好的一样。弗雷德开始搜索她在福洛里海岸[1]度假时认识的那群去美国电影节的人。小女生惊呆了，嘴巴张得很大。我突然重新感受到弗雷德的优点，仿佛回到了六年前的自己。她是一个不折不扣的发现者，善于在人群中高效地周旋，她曾经在我兴奋的时候敏锐地发现了我的装饰音，顺利地把我弄到了法国电台的合唱队。弗雷德自我保护的唯一方法，就是一旦在某人面前显出短处，就变得异常强势。

“我最讨厌迟到的人了。”弗雷德看了一眼挂在吊顶上的大钟。

我不耐烦地说现在八点还没到。她没有理我，把食指放在未来明星药剂师的下巴处说：“跟达旦尼兄弟一起吃顿早饭，你觉得可以吗？他们正要找个新人拍一部电影。”

艾莱诺尔简直不敢相信自己的耳朵，我明白这种感受。从越高的地方摔下来，降落伞就会越好地打开。以前尽管法国电台合唱队不怎么待见我，弗雷德还是一个劲鼓励我去唱歌，我还因此成为了电台的播音员。我希望小宝勒福

---

①位于法国西北部下诺曼底的海岸。

也有这样的好运，她不用去扮演一个多大的角色，她那个鸭子般的嗓音去做动画片的配音就不错呢。

“啊！我们的细菌英雄终于来了！他一定是忘了带护照。”弗雷德站起身来。

我看着弗雷德穿过游戏大厅，去安抚被保安门卫弄得很焦躁的孜巴尔：“从什么时候起，来餐厅吃饭也要出示证件啦？”弗雷德拿出大客户贵宾黑卡，跟保安人员保证说她的客人只是来赌场餐厅吃饭的。

“我可不认同这种保安系统。”孜巴尔坐到桌前愤愤地说。

看得出来，这是他第一次走进赌场。艾诺莱尔同情地说她非常担心法国国民阵线[①]。弗雷德互相介绍了一下彼此，解释说这可不是种族主义，小女生的意思是怀疑追踪少数分子，禁止他们进入赌场的法律效力。马卡龙立刻转换了话题，夸我的裙子很漂亮。他自己穿了一件超市里买的男士西服，很小很朴素，应该是来赴宴之前在岸边买的。他袖口上防盗装置夹过的痕迹还隐约留着。我很欣慰，他

① 1993 年成立的法国保守派政党，主张经济保护主义，反对移民政策，文中艾诺莱尔对着移民长相的男主人公这么说有明显的政治色彩。

没有对着小女生三件T恤衫下隆起的乳头目不转睛。

弗雷德点了一瓶香槟和一个海鲜拼盘。孜巴尔悄悄地从胸口拿出一个大信封从桌子底下递给了弗雷德，弗雷德跟他眨了眨眼表示感谢，然后把双手分别放在她的两个客人的手腕上说："孜巴尔·德弗雷吉是个从零开始奋斗的未来诺贝尔奖得主，和你一样白手起家，我们未来的喜剧演员。只是他没有名字的歧义问题。"她信心满满地跟艾诺莱尔说。

"我知道。所有的人都在我名字后面加上一个e，真是头疼。"艾诺莱尔叹了口气说。

"其实尴尬的倒是你的姓，宝勒福。要不就用缩写吧，艾莱诺尔·宝勒，福字也不要了。"

弗雷德对着我们这个特鲁维尔的年轻女孩咯咯地笑起来，她看了看我，我默认了她的提议。有了这样一个名字，小女生的梦想就起航了。她仿佛已经看见艾莱诺尔·宝勒的名字出现在了各大海报上。同时，她也跟小姑娘实话实说了，在电影圈里混很不容易，这个圈子很封闭，尤其是对一个药房背景的女生。

孜巴尔的脚在桌子下贴到了我脚上，给我一阵触电的感觉，背上打了个战。然而，这没有逃过弗雷德的眼睛，她手指敲打着桌布，眼角向我瞟了一眼。为了转移她的注意力，我跟未来的大明星说，以前有过一个先例："米歇尔·麦希尔，演了不朽的《安吉里克：天使侯爵》[①]，曾经是尼斯麦西尔药剂师的女儿。"艾诺莱尔撇了撇嘴，她根本不知道这是谁。弗雷德扬了扬眉毛，感谢我扯了这么一段她那个年代的段子。

孜巴尔电话响了，他看了下屏幕，显得有点焦躁，跟我们道了个歉，去旁边一群扫着绿色赌台的管理员处听电话。我想，对于我狗狗的拯救者，除了他疯狂的简历和那种让我神魂颠倒的不卑不亢的亲和力之外，我还真的一无所知。他或许结婚了，也或者离婚了要陪孩子过周末的，也有可能是个因人制宜的情场高手。我没有看到任何他的阴暗面，但这不代表什么，毕竟人无完人，就像弗雷德对几乎所有男人的描述，都是自恋的恶人。

我奥利机场的英雄打完电话回来判若两人。他努力地提问，刻意地进行一些关于拍电影方面的交谈，像有心要

① 1964 年出品的由路易十四年代历史小说题材改编的电影。

忘记刚才的通话内容似的，以及他对我的心意。我能感觉到，他遇到麻烦了。我和弗雷德还有所有人一样，只想追求一份简单朴素的幸福，耀眼的光环会过于炫目，从而找不到幸福的方向。

“福劳贝尔停车场那辆玛莎拉蒂英迪 73 是您的吗？”他问。

弗雷德有点吃惊，她没想到邻座这个男人居然还懂奢侈跑车。

“我对什么都感兴趣，这也是我的问题。我认为这款车是维纳尔公司设计的最漂亮的车身。”

“朱尔很讨厌它。估计这车能感觉到，每次这条狗出现，车都会出故障。每年我都把车从圣拉扎尔火车站运过来，自己在这里等它。这是第一个我开着车和爱丽丝一起上路的假期，是吗，我的天使？”

她摸了摸我的手指，我敷衍地朝她微笑。她是怎么想到来这么一出戏的，她到底要干吗？这顿饭吃得越来越凝重，有点看不到尽头的感觉。我喝了不少酒，想要显得欢快一些，却怎么也做不到。甚至在他们大笑的时候，我想哭，他们就雷达电磁污染和临时工身份等各种话题高谈阔论之际，我很想切断一切，生硬地逃离这个地方，和我的狗狗在皎洁的月光下去海边散步，我想让自己尽情地做一场爱。

晚上十点四十分，我们把艾诺莱尔送到药店楼上她父母的住所。我们跟她贴面告别，看着她试了三次才打开门，她喝醉了，不难看出这个晚上她很兴奋。弗雷德跟我眨了下眼睛，艾诺莱尔是她对未来的投资。我不知道她安排我们一起吃饭是想要故意激起我的嫉妒，还是缓解和马卡龙三人共进晚餐的尴尬。或许，她想要显示她依旧对年轻女孩着迷，而之于年轻女孩，她确实是个不可错过的朋友。如她所说，她依旧可以做女版的皮格梅隆[①]，找到另一个“我”开始新生活，或许，这顿饭注定宣告了我们的决裂。她会把她的位置让给迷人的细菌先生。在奥尔良路上，她把某个东西塞进了马卡龙的口袋，挽起了他的手臂。而马卡龙，目不转睛地盯着她小巧的香奈儿手提包里露出的大信封，那正是他晚餐时悄悄递给弗雷德的那个信封，还时不时地从费雷德身后给它规整一下位置。

我走在他们身后三步距离，感觉自己像他们乡下来

---

①希腊神话中的塞浦路斯国王，他热恋着自己亲手雕的一尊少女像，日夜与其相伴，不理会其他女子的追求。

的表妹，要仰仗他们在这里闯生活似的，像人们不断叮嘱的那些少不更事的女孩，被不断提点着：“你有着大好前程呐！”

孜巴尔停下来系鞋带，弗雷德向我转过身，叹了口气说：“小姑娘傻里傻气的样子确实让我挺心动的，人还真不错，和一个女药剂师在一起总是有好处的。”

我很羞愧到现在才明白她的意思，她早该和我做出了断了。她微笑着说：“我只是求个放心。我必须提醒自己是自由的。”是啊，她可不需要我做个护士。

她又重新挽起了情敌的手臂，回到了旅店。朱尔靠在阳台上欢迎我们回来。

这是个奇怪的夜晚，弗雷德不停地在业余喜剧演员面前吹嘘我，仿佛生物学上的成果让我摇身一变成了电影的赞助商。我不知道她这是替爱丽丝夸我，还是为了挽回爱丽丝而把我介绍给艾诺莱尔。

当我吃第三只龙虾的时候，收到母亲发来的短信：如果你还有需要的话，可以住到我这里来，亲爱的。

从语境上来看，加上最后一句亲爱的太不寻常了，我觉得大事不妙，起身给她打了个电话。我圣诞节给她买的博士音响震耳欲聋地响彻着瓦涅的歌，她就像播报法新社的急讯似的跟我说了她的烦心事。由于国家议会取消了法兰西大陆禁止烧木取火的法令，她的约翰·克里斯坦，前途无量拟定前法令的议员，被指控受贿涉嫌强卖烟囱给封闭的住宅，间接导致巴黎地区的空气污染。预审判决后，他已经被拘留了，这事正巧出在母亲新书出版的一个月后，书里写的是他俩一见钟情的爱情和他们留在法国的雄心壮志。

“我刚刚跟出版社签了出版协议，你知道吗？孜巴尔。这简直是个灾难，我会成为媒体的笑柄，更糟糕的是我可能会被封杀！约翰·克里斯坦怎么能这样捅我一刀？”

这人居然和我一样，令母亲大失所望。我表达了些许同情安慰母亲，我说等我度完假，会去拘留所会客室探望约翰·克里斯坦的。母亲气得二话不说把电话挂了。

我回到餐桌，大家沉默着，怪怪地看着我，我想刚刚一定在谈论我吧，我坐了下来。三个女人，不同的年纪，截然不同的命运：一个正要起航，一个在重新建设，一个在等待爱人的回归。而我，置身其中，必须找到自我。女人们，给我伤害，让我疗伤，引我欲火焚身，又再度伤害我，加上我母亲今晚的搅局，我决心，必须要改头换面地活着。

爱丽丝给我一种距离感。我跟弗雷德谈论电影、跑车，希望她可以好好看我给她的科研资料。我感觉心里空空如也，是一种想念。终于，我意识到，我想念的是二十二号房间的拉布拉多犬，赌场应该是流浪者和狗不准入内的。弗雷德一定是故意的，她不想要狗在爱丽丝面前表现出对我的各种支持偏袒。但是怎么还会有第四个人共进晚餐呢？

我记不起药剂师女儿的姓氏了，她都喝了六杯香槟了，她问："朱尔在这里玩得开心吗？"

她们淡淡地回答了句"很好"。

"我还挺想它的。"她说。

我跟弗雷德说，如果哪天她们要去浪迹天涯，我来照看狗。

突然间，我觉得弗雷德很美很撩人。桌子底下我被踢了一脚，让我为之一振。弗雷德挑逗地看着我，应该是她在踢我。不管是面对爱丽丝，还是眼前的这个小女孩，弗雷德时而把我当敌人，时而当盟友，把我利用到出神入化。看来我还是可以走到她内心，我难免得意地心潮澎湃起来。

我们离开餐厅的时候气温暖暖的，很宜人。从海上飘来的微风中夹带着金银花的香味，但很快便被弗雷德的烟味覆盖了。几只海鸥在盘旋着，浪花拍岸发出噼里啪啦的响声，大海深处演绎着男低音般浑厚的旋律，几个半醉的路人在街上摇摇晃晃地走着，这就是不折不扣的假期啊。

在宝勒福药房门口，爱丽丝一把扶住了艾诺莱尔，她以为她要把晚饭吐在阴沟里，其实她倒没有吐，或者说暂时没吐。药房那白底绿十字标志无力地闪烁着，爱丽丝陪着艾诺莱尔等待着随时会泛上来的恶心，弗雷德把一欧元塞进了两个玻璃橱窗之间的贩卖机，橱窗上贴得琳琅满目：整形的假肢，反吸烟的贴纸，女人笑着战胜膀胱炎的海报，治便秘的广告，不要在大超市里买药的宣传——请务必询问您药剂师的意见。

弗雷德把一盒避孕套塞到了我口袋里，说："以防万一。"

她眼里闪着泪光，目光和爱丽丝不期而遇，朝她使了个眼色，立即转移了视线。

我们穿过周边满是露台的小路回到了酒店，石子路很滑，弗雷德穿着高跟鞋，拉着我的手臂往前走，我能感觉到背后爱丽丝炙热的目光，我开始胡思乱想，迎着微风，满足感涌了上来，被狗折腾了一番后，能被这样两个女人玩弄于股掌之间，也算是我人生的一大乐事了。

回到房间，弗雷德关上门："你先去洗澡，然后就躺下，当自己不存在，你有枕边读物吗？"

"有。"

"爱丽丝可以给你几片安眠药，我会打呼的。"

"不用，我平时睡得很好。"

"朱尔，你跟谁睡呢？"爱丽丝问。

朱尔对我们仨这个全新的组合莫名地兴奋着，在两间房里窜来窜去。最后它叼来了爱丽丝的一条围巾，把它铺在我桌下的背包上，正对着我的儿童床，像一个睡篮似的。它还真有战略，它睡在这里能随时控制隔开两间房的帘子，既看得到大门，又可以监视所有人。

弗雷德打开电视，用来遮盖洗澡的声音。电视里政客们围着主持人，在一个摄影棚里争论甚欢，以至于我们已经感受不到节目致力于展现的针锋相对的不同政见。我穿着T恤衫和衬裤钻进了粉色云朵图案的被子，随手拿了本自然杂志翻阅一篇描述粘菌智能的文章，说这种单细胞霉菌能聪明地找到迷宫的出口。朱尔跑过来跟我道晚安，带了我的一只袜子给我，我不明白这个礼物的意义何在。我把袜子塞到了枕头底下。电视里的政客们各抒已见，同时又互相打断抢话题。两位女士穿着浴袍从我面前走过，手里拿着护肤露，嘴里咬着牙刷。在她们洗漱完之前，我就把床头灯关了。

这个夜晚到底会怎样度过？我性欲盎然，充满了期待和疑问。平时我不算是个很有雄性魅力的人，如今，我还头一遭觉得做男人真好。她们两个会在帘子后面做爱吗？会邀请我参加吗？我对爱丽丝心照不宣的迷恋自然不用提，现在我又产生了一份对弗雷德充满敬意的情愫，两者相生相克。她们关了电视。

“晚安，马卡龙。”她们齐声跟我说。

我也用同样轻快的语调回答了她们。帘子后的主卧已经暗了下来，她们把百叶窗拉上了，而我这间还被外面的灯火通明映照地透亮。她们的呼吸悄无声息，我静静地等待着床垫嘎吱作响的动静。

“你把我的 iPad 给我。”弗雷德要求说。

然后便是寂静一片，我想她们可能在一起看一部电影。我很想加入她们，却很怕被她们拒绝，踌躇中我望向了朱尔，它睡着了，脑袋伏在我背包的背带间，睡梦中还时不时地发出一些哼哼唧唧的声音。

“喂，儿童房里的，你说进退两难这个词里面到底是一个M和一个N，还是两个M？”弗雷德发问。

原来她们是在玩拼字游戏。

地板的响声把我惊醒了，我听到一阵拉帘子的声音。路灯透进来的黄色光线下，我看见爱丽丝重新拉好了窗帘。朱尔抬起头来，爱丽丝给它做了个手势，它马上又躺下了。她胳膊下夹着个镜子，踮着脚走到衣柜处。我充满疑惑假装睡觉，她用手指捂着嘴唇凝视着我，把镜子放在我小床对面，脱去了她的短袖上衣和短裤。

我的欲火被点燃了，悄悄地掀开被子起身。她跟我做了跟让朱尔躺下一样的手势，我又躺下了。她向我靠过来，紧紧地盯着镜子看，她把膝盖放在我的腿上，调整了下镜子的角度，开始脱我的T恤。她的姿势在无声中让我不要动弹。她小心翼翼地脱下我的短裤，我呆呆地毫无反应地躺在那里。我悄悄地看着她和我的姿势变化，而不敢跟她目光交汇。我能感觉到，现在任何一个小动作、一句简单的话，都会毁了当下的气氛。不是我在吸引她，而是她在寻找自我，她想找回曾经有过的冲动。顿时我心中升起一股怜爱，让我更加按捺不住。我是她的试验品，她居然对我如此青睐，真是令我神魂颠倒。我想，她在鼓起勇气摆脱曾经的残酷回忆，激发自己自然的性冲动。

我一动不动，任由她跟我亲昵，去驱散内心的恐惧，忘记不堪的过去。她需要找回全新的唯美、自由选择、基于爱情的性爱，重新适应男人的身体。

朱尔开始低声咕哝，发出警告的信号。弗雷德打开了帘子，探出脑袋。

“我可以去尿尿吗？”她低声对挡着路的朱尔说。

她看都没有看我们一眼，披着睡袍，径直沿着对角线走向厕所，傲慢地关上了门。爱丽丝贴着我，我能感到她极力忍住狂笑的震感。

在一阵小便、扯卫生纸和冲水的声音之后，弗雷德出来了，朱尔等着她，想把她带回主卧。她在我叠好的裤子旁停了下来，从裤兜里掏出了宝勒福家药房门口买的避孕套，扔到我的被子上。朱尔立刻把避孕套还给了弗雷德，她无奈地耸了耸肩，把这玩意儿放在了镜子后面，回去睡觉了。

我把爱丽丝拉到我枕边，像两个小女孩似的抱在一起，忍俊不禁。这一刻，我们像一对白头到老、互为挚友的老夫妻。

我在儿童床上他的怀里醒来。我简直不敢相信，这一幕是如此自然和谐。我重生了，如同第二次成为处女：洗净了男人留给我的污点和拥有性欲的罪恶感。然而，我俩什么都没发生，我们大笑，互相亲吻，又一起进入沉沉的睡眠。没有任何因素在强迫我，我也没有联想到任何有关当年“事故”的情节。我知道我成功地跨过了这道坎，我清楚地知道，我想要他，就像我们已经做爱过很多次一样。他周折的命运，他有所保留的神秘感，他的男性魅力和他的温柔，深得我心，就是这样。弗雷德早就料到了，更不用说朱尔了。弗雷德给予我的，是一种轻松的幸福，逃遁的快感，一种无关我们两个却让别人艳羡不已的爱情。我可以打开心扉，而弗雷德不能，她为了让我感到她对艾诺莱尔的追求使出浑身解数，其实这个信息我全然接收到了，我不想让她察觉到被她赠与他人的痛楚，况且受赠人要不要我还不确定呢，孜巴尔的反应还真是不可捉摸。

孜巴尔醒来，发现我躺在他怀里，我跟他说“早上好，亲爱的”，他彬彬有礼地回答了我同样的话，却难以掩饰内心的惊异，看来他是个慢热的人。我从床上一跃而起，朱尔叼着导盲鞍蹿到了门口，我穿上了紧身运动裤，喊了一声：“我去帮你们点早饭哦！”

“我还在睡觉！”弗雷德在帘子后的主卧大叫。

我和朱尔欢快地冲下了楼梯，我在底楼给它套上了导盲鞍，我知道这没什么用，只是出于习惯的心理。而朱尔也条件反射地接受了。不管怎样，它已经不再是一副悲戚的模样了，不得不说这是马卡龙在我们身上创造的奇迹。

伊丽莎白坐在前台认真地看着报纸。

“亲爱的，我把早饭给您们拿过来吧？”

“谢谢，我们需要三份早饭。”

她撅着嘴唇做出调皮的亲吻状，朝我眨了下眼睛。我们迎着风走到镇里，朱尔来到巴黎路，在倚着一片空地栅栏边的排水沟处停了下来，等候我的指令。我不知道我们要去哪里，这样漫无目的地走走感觉真好，我感动得热泪盈眶，对我这样一个刚复明的人而言，不得不呐喊，享受清晨的光景不愧是绝对的奢侈，尽管此时我想到弗雷德心中就隐隐作痛，我理应跟她分享我的幸福，我不能再犯错了。

朱尔在阴沟里拉完屎，走向闹市旁的便民机上找蓝袋子，它扯下一个袋子，去追赶身边的路人和慢跑的人。我一下子明白了导盲鞍的含义，据我判断，它很享受找陌生人来替它的盲人主人给它铲屎，太狡猾了。

我很不自在地假装自己仍然是个盲人，跟一个带着德国短毛猎犬的铲屎好心人道了谢。这人去垃圾桶边扔屎袋子的时候，他的雌性猎犬马上凑过来接近朱尔，我的狗狗和我一样兴奋，一眨眼工夫就能在晚上七点过后大家聚众喝酒的沙滩上和它的异性朋友打成一片。我很宽慰导盲鞍没有妨碍朱尔的七情六欲，它会变成一个正常的动物，和我一样。这可真是一个放荡的早晨啊。理论上说，我和朱尔还能一起相处五六年时间，我们各自享有感情生活会更和谐。

“你想要我来帮你一把吗？”“铲屎官”回来，把朱尔从它征服的异性朋友身上抱了下来。

他有着橄榄球运动员的身板，拉着导盲鞍，体贴入微地交到了我手里。

“真不好意思，布兰丁尔正在发情期。”

我回答说，这很正常，却不由地脸红了，他也跟着脸红了。他祝我一天愉快，便带着他瘦削的狗狗继续散步去了。我和朱尔呆呆地站在原地吹着海风看他们渐渐远去。

“不要看啦，我们两个像什么样子啊？”我跟我的朋友朱尔说。

我对马卡龙的欲火让我不能自已，满脑子都是他，我想立刻回去，再次爬上他的儿童床，我被这个想法弄得神魂颠倒，说走就走。

突然，一阵尖锐的马达声打破了海鸥此起彼伏的叫声。我知道只有一辆车可以发出这种声音。我们奔跑着来到卡诺街的上坡处，看见灰色的玛莎拉蒂全速呼啸而过，消失在赌场的转角处。这不可能，弗雷德应该不会这样驾驶她心爱的老跑车。

我担心弗雷德的车被盗了，心事重重地回到旅店穿过大厅，伊丽莎白的微笑打消了我的忧虑。我赶忙回到房间，孜巴尔脸上泛着奇怪的光芒，柜子空了一半。

他说：“都是因为我，但不是你想象的样子。”

爱丽丝和朱尔刚离开五分钟，送早饭的服务生就来敲门了。我开了门，她端来了一个满满的早饭托盘，自豪地播报了当日晴空无云的天气。

“我不知道先生您要吃什么，我准备了茶、咖啡、橙汁和柚子汁。祝你们大家今天玩得愉快！”

我怕打扰弗雷德睡觉，轻轻地敲了两间房之间的隔板。

“端进来。”弗雷德回答。

我拉开帘子，将餐盘端到她的床上，拉开了她们房里的百叶窗，还跟窗外阳台静候在椅子上的海鸥问了声好。关上了落地窗门，我跟弗雷德说，对不起，打扰了。

她摆弄着杯子，咕哝着：“是啊，确实。如果你们两个真的一拍即合，我为你们高兴，我可以退出。我不是那种死缠不放的第三者，何况你还是个天才。”

她用下巴示意了下地毯，上面铺着我昨晚给她的材料，她给自己倒了杯咖啡，说：“你研究的这些细菌，我很喜欢。不过让人很害怕，弄不好就会导致流行病。这事等你成名以后再说吧。当下唯一有价值的是你搞的那些可以特制梅多克菌的植物，你确定能行吗？”

“我在浴缸里做了五年的实验，拿到了专利。”

“你为那些植物申请专利了吗？”

“没有，专利是根茎渗出的方法。这是唯一高效提炼活性物质的方法。”

“但是你之前说你能从果球植物里提炼出百倍的抗癌紫衫醇，你能证明吗？”

“这已经得到证明了。”

“那么可以投入生产了吗？”

“只是钱的问题。”

“钱我来搞定。”

她把羊角面包在咖啡里蘸了下，一口喝光了咖啡，嚼着面包，起身打开橱柜。

她拿下了她的箱子，往里面塞东西，说她在跟进一家农产品加工的跨国企业的收购："我的朋友，达芙妮·夏沙尼，是巴黎最好的律师，差不多已经赢了官司。我给你准备了代理委任书，放在床头柜上，你签一下字。目前一切尽在掌握，绝对没有什么猫腻，我们九月份可以谈妥协议。对了，可萃取植物听上去很低端，我把首字母给你保留下来了，把它叫做高科技植物[①]。我有进一步消息会通知你的，现在我要走了，我不想遇见爱丽丝。"

我签署了纸上的最后五行字，或许这页纸真的在某种意义上会改变我的命运。无论如何，我现在对商场的尔虞我诈有充分的免疫力，而且我一无所有，没什么输不起的。

"答应我，好好照顾她好吗？不要冒进，把主动权给她，就像昨天夜里一样。你甚至可以表现得很慢热，有利于她找回信心，不妨让她觉得，是她帮你解决了不近女色的问题，你能让我放心吗？"

"能。"

两分钟后，她就在电梯里了。我给自己倒了杯茶，配

---

①可萃取植物法语名称叫 Plante à Traire 和英语中高科技植物 Plant Advanced Technology 的首字母一样，都是 PAT。

着面包吃，让自己心情平静下来。她给我支的招反而巧妙地掩护了我的怯懦，我真是个笨蛋。这一切都是拜爱丽丝所赐，对于我帮助爱丽丝重建对性爱的感知，不知是出于顾忌或者复仇心理，弗雷德竟顿时变成了我的资金后盾，她对我的诱惑力顿时在她戏剧化的形象中瓦解了。

我从浴室出来时，爱丽丝突然回来了。她一定是看见玛莎拉蒂开走了，我赶忙跟她解释说："都是因为我，但不是你想象的样子。"

我还没来得及说下去，房间的电话响了。爱丽丝跑去接电话，我和朱尔很困惑地对视了下，我朝门帘处走了三步，弗雷德在电话里讲得太大声了，不可避免地被我听到了："我不喜欢告别，你知道的，但是一切都很好，放心吧，我的天使。在投资人放假前，我得去帮他筹集资金，你的马卡龙先生是颗不鸣则已、一鸣惊人的原子弹。你可不要跟他乱来，不要吓到他，你替我好好跟他说说，让他安心，但是不要胡来，你懂我的意思吗？我希望他能相信我，展现他最好的一面，就像他的可萃取植物一样。"

"他的什么？"爱丽丝完全没有被长篇大论淹没，看着我，朝电话那头的弗雷德发问。

“可萃取植物。他自己会跟你解释的。好吧，好好享受和他在一起的时光，我会在他身上做文章的，亲爱的。”

爱丽丝挂了电话，盯着我看，我很想知道她目光背后的意义。我很惊讶于弗雷德对我的评价，仿佛重新认识了自己。同时对弗雷德授予我的使命深深不安，对昨晚发生的事泛上了阵阵悔意。

“你所说的可萃取植物到底是什么？”

我坐在床上，跟她解释了我研究的水生植物萃取活性因子的方法：“每月一次，主要是提取根部物质，就跟催生奶牛的尿一样。”

“弗雷德就是因为这个走的吗？”

“是的，在水里生长会产生一种治疗功用的蛋白质，是化学提炼中得不到的。”

我跟她具体展开述说了两个表现最好的分子，芸香和曼陀罗花，对哮喘、银屑病和老年痴呆的功效，爱丽丝打断了我：“你想要知道我现在的真实感受吗？”

她凝重的语气让我心里一沉，我战战兢兢地等她往下说。

“我生平从来没有想到，我会爱上一个让我嫉妒我女朋友的男人，哪怕是在最可怕的梦境里都没有想到过。”

我怕会错意，心里重复咀嚼了两遍她的话。我说：“不会吧，你指我俩之间的爱情？”

“不是，我指的是我心中的嫉妒。”她微笑着拉住我的手说，“随它去吧，我没有能力给你弗雷德可以允诺你的一切，但是你不要认为有她做后盾会让我真的开心。”

她的手沿着我的浴袍轻抚我，左手在我的胸毛间滑动，右手开始解开我的皮带。

我的嘴靠向她微微张开的嘴唇，我们的舌头微妙地相遇了。呼吸伴着低吟声变得短促起来，她说她已经等着高潮来临了，我刚要脱她裤子的时候，她好像在寻找我背后的什么东西，我问：“是屋里太亮了吗？”

“我从不会嫌亮。”

我回到儿童房帮她把镜子拿过来，朱尔趴在柜子底下，撕咬着弗雷德买的避孕套。

悲剧发生在一个周六。

自从弗雷德扬长而去，留下我们三个独处，朱尔却一直怏怏不乐。我和孜巴尔相处得越好，朱尔就越不好受。之前因为我复明，它觉得自己被抛弃了，现在它的自我缺失感更加剧了。它把男人带给了我，我接受了，它的任务完成了，再也找不到其他价值了。它不懂怎么做一条宠物犬，孜巴尔和我，我们两个相依相守就够了，朱尔需要再找一个人帮助，一个新的主人，一个孤独的人。

它开始在马路上、海滩上到处搜索，企图找到一个盲人、一张轮椅来激发心中消逝已久的工作激情。然而，特鲁维尔是个小镇，残障人士就这么几个，而且人们互相帮助就能完全搞定起居出行。所以，朱尔只能把目光转向外来人员。

每天早晨，它在车站守候着户外协会带来海边的一群身体或心理残障人士。它主动提供服务，把救生圈、头盔、挖沙的铲子递给他们，甚至给那些健康的孩子们。它穿梭在人群中，越急切地显示自己有多能干，就越激起人们的恐慌和焦虑。孩子们的陪同者甚至用木条把它赶走。从海滩被赶走，朱尔一头扎进城里，寻觅需要慰藉的孤魂野鬼，它在流浪汉身边逗留了下，又到火车站簇拥的吸毒者旁边探头探脑，他们还想抓住它，把它卖了。朱尔总是低垂着尾巴，警惕地用鼻子嗅着逃离，坚持搜索有缺陷的潦倒人士，却时不时地被红灯处停下的清洁工人挑衅一番。我没法在它使命感爆发时把它关起来或者给它系上狗绳，就算我给它佩戴上导盲鞍也毫无支配感：正因为这样，它才更需要找工作。

一天在二十二号阳台，我看见它攻击一只德国牧羊犬，想要把它的盲人主人抢过来。朱尔不是完全出于嫉妒，而是它的专业素养使然。牧羊犬确实在导盲中犯了一个错误，它从一个放风筝的人绳子下面穿了过去，两秒之后，绳子卡在了紧随其后的主人脖子上。

我不知道该怎么办。如果我惩罚朱尔，岂不是与继续收养它的意愿背道而驰！如果我爱抚地鼓励它，便是无端地赞许它这种激进行为。孜巴尔没有给予任何帮助，相反地，朱尔总把孜巴尔当自己有力的筹码：我们能幸福地结合是它坚信直觉一路走来撮合而成的。它我行我素地寻找工作目标，我的狗狗竟然变得难以控制，成了一个迷失的志愿者，沙滩上的深色走兽。

周六晚上，户外协会的辅导员正把轮椅上的残疾人士护送上车，朱尔猛然扑向了车厢，它狂抓车身，咬着轮胎，还跳上挡风玻璃要把雨刮器拆下来。我和孜巴尔想要去阻止它的时候，汽车正离开了停车场往外驶，朱尔紧紧地跟着车，歇斯底里地吠叫着，它的狂吠完全淹没了我们让它“停下”“立定”的指令，它疯了。

汽车在赌场处减速时，朱尔愤然奔跑着超车，一头撞向引擎盖，巨大的冲击力把它抛向了旁边的石花坛。汽车又加速开走了，消失在鱼市旁边的海滨大道的远方。朱尔倒在花丛中被摔懵了，恢复意识的时候，它在我们怀里不住地发抖，继续竭力地吠叫着，却喊不出声来。它挣脱着从我们怀里逃离，侧着身子栽在了地上，一辆警车在我们面前停了下来，我们正要解释事情的来龙去脉，警察们收到无线电发来的信号，马上打着旋闪灯呼啸着开走了。

讽刺的是我们必须跟赌场借一辆折叠轮椅把朱尔送到浴场路的兽医诊所，女兽医诊断说它有轻微的脑震荡，并且有严重抑郁症病灶，如果生理反射正常的话，那么除了神经末梢外没有什么大碍。

“安全起见，去做一下断层扫描吧。但它的问题应该在别处。”

从兽医的眼神中，我看到一种隐隐的担忧，她多半在怀疑我虐待动物，上周人们看到我骂朱尔多管闲事，纷纷投来疑虑的目光，这种感觉让我很难受。

兽医给朱尔打了一针强心针，给它吃了一盒高能量食物，它才开始缓过神来重新行走，它挠着兽医中心的门，我们带它回酒店，它一路上机械地走着，对周遭不闻不问，对一切气味都不感兴趣，回到房间，它径直走到卫生间浴缸和坐浴盆之间躺下了。

孜巴尔去给我们买了些烤鸡肉和蛋糕，让我们在房里吃，朱尔什么都没有碰，我们越来越担忧它的状况。此时，地方新闻播报一小时前，户外协会的汽车在驶出特鲁维尔镇时撞到了一辆卡车，有六人受伤。

我们去卫生间跟朱尔道歉，它用急切的目光看着我们。它显得有点复活了，跟我们来到床上，睡在我们中间，任我们安抚。我埋怨自己没有多长一个心眼，它当时不顾一切地阻止那辆车出发，还差点搞得自己瘫痪。我跟孜巴尔解释说狗狗们通常可以预感到自然灾害和事故的发生，跟他举了一些有名的例子，他也跟我说了一些类似的情况。

我很惊讶于他的领悟力。他说找到我之前，他努力地揣测一条从天而降的狗狗的心理活动，他在网上看了不少王医生的文章。在我看来，他有点痴迷于朱尔这种通灵的才能，而我显得十分客观中立，我认为可能是朱尔对司机的骚扰让他分心，才导致他在圆形广场出的事。

他的反应让我震惊。他竟用我的盲目不察替朱尔辩护，尽管他说到一半马上停下了，但是伤害已经造成了。他说我不跟朱尔承认自己疏忽了它的预见能力，反而责怪它是不负责任的。

“孜巴尔，它是一条狗，这些微妙的情感，一条狗什么都不懂的。”

“它懂的。”

“无论如何，我们都不能逆转命运。”

“那些乱七八糟的事是怎么来的呢？所谓的事实，都是人类意识的反射，是人类用思想、欲望、恐惧、障碍在谱写命运，狗却一直知道该怎么纠正，这就是所谓预感的作用，人类不那么相信预感，所以由动物来承担这个任务。事情就是这样的。”

“朱尔是条神奇的狗狗，不过它只是一条狗，它是个服役的军人，而不是去敬仰的对象。”

“这样说不公平，‘它是个很出色的军人’，这你说得倒没错。”

“那我们究竟在讨论什么？宗教话题？”

“佛教是门哲学，不是宗教。它结合了量子力学和宇宙物理学，阐述了无限小、无限大和无限虚拟的辩证结合。你没有看过郑春顺的作品吗？”

“没有，不好意思，我阅读很慢，也不算多。”

“对不起，爱丽丝，拜朱尔所赐，我是那么地爱你。我不想看到它因为你而变成现在这个样子。你已经不再需要它了，你不能阻止它帮助其他人，正如你说的，它是个军人，但是自从你的狗从一个虐待它的新主人那里逃走，军队就不需要它了！它已经被导盲犬协会除名了，没法帮助任何人了，它只剩下自己的第六感，那就听从它的第六感吧，不要责备它了。”

他清晰的分析让我哑口无言，朱尔摇着尾巴舔着我们，好像它看着我们因为它的事争论，顿时激活了它的存在感，活力倍增。孜巴尔是正确的，但是我不赞同他所表现出来的强势。这种简单霸道的强势，总是伴随着强大的理论和科学，对两性关系有害无益。

我也有我的预感，我强忍着眼泪，在床上翻过身去，这只把我们结合在一起的狗狗也将是我们分手的导火线。

我们第一次躺在床上没有做爱。狗躺在我们中间，睡梦中哼哼唧唧，爪子不自觉的抽动时不时把我们拍醒。一个晚上我们周旋在同一个问题上。我恨透了自己说出那堆可恶的话。我总在女人面前努力克制自己的真实想法，我想在爱丽丝之前，我从来没有真正爱过，导致激情冲昏了头脑，让我变得如此偏激和霸道。佛学的淡然理应是为那些摒弃肉欲的孤寂人士服务的，这种思想，难道不是为那些被劈腿而懊恼不已的男人取代羞辱，给还没有找到真爱的人们逆来顺受的精神武器吗？

我很清楚地感到自己在爱丽丝面前变得僵硬起来。她所需要的，是细腻的情感、轻松的幽默和尽兴的性爱。一杯不知名的鸡尾酒把我搞得头晕目眩，难道我们之间的激情就这样昙花一现，两人从此成为彼此的人生过客？在我的怀里，她重新燃起了对男人的兴趣，这迟早是个威胁，唯一能说服她非我莫属的办法就是和其他男人进行比较，今晚的争论应该会加速很多事情的发生。

我想象着有一天爱丽丝独自离开，把朱尔留给我，或许对她、对朱尔都是最好的选择。我会成为朱尔帮助的新对象，被它的主人抛弃而严重缺失爱的心理残障人士，朱尔会为我搜寻其他女孩，而不让我在失恋和爱缺失的精神障碍中沉沦。

我心里沉甸甸地强颜欢笑。我爱上了一个马上要离开我的女人，而我居然还矛盾地对自己持有信心。弗雷德已经六天没有消息了，却没有令我丧气，相反，我很自豪地觉得，现在我只能靠自己了。是爱丽丝给了我自信的羽翼，我不想把它们隐藏起来，尽管最终她可能会让我独自飞翔。我们的前方路漫漫，只有我们对互相的念想足以把我们绑在一起，才能互相认定彼此。我想为了她成为一个有出息的人，而她，也需要比较其他男人，才能确定她对我的真实情感。

我在轻柔的阳光下醒来，我饿极了，伸了个懒腰睁开双眼，发现床上只有我一个人。

朱尔起得很晚，孜巴尔和爱丽丝还在睡觉。它悄悄地爬下了床，用前爪转动了门把手，一路小跑下了楼。它觉得某种程度上，他们还需要它，尽管现在看起来情形不太好。

天气很好，微风中散发着可丽饼和热狗的味道。来海滩度假的人打开了帐篷，从储物室里搬出了躺椅，推土机刚开过，轧平了通往港口的沙子路。赶早的旅游大巴上下来一群背着包的成年人，显然没有人需要朱尔的帮助。扩音器里的叫嚣声淹没了海鸥的叫声："早上好，现在是早上十点。海滨浴场现在开放了，巡逻人员开始巡视了。在这里提醒大家，闹市之外禁止带狗出入。"

一只海鸥撕咬着写有“特鲁维尔卫生”字样的垃圾桶袋子，朱尔猛地向它扑去。它拾到一小截早起的人没吃完扔掉的三明治，便朝黑岩石方向奔去。刚到就被几个游泳的人吹了口哨，巡逻已经开始了，狗不能入内了。

它漫无目的地沿着之前有狗走过的路，去跟在沙滩上画画的毛里斯问了好，之后被一个撑起遮阳伞的家庭吸引了，它很热情地跟这家的每个成员打了招呼，然后在制冰箱前立定了，没有人想要打开它，朱尔自告奋勇地去撩动上面的铁链。一家之主想要去追它，被地上背包的带子绊了一跤，摔下来时叫了一声，两手紧紧地按着脚踝，孩子们向父亲奔去，他太太打开制冰箱拿出冰袋给丈夫敷上。

朱尔在等待合适的时机，想去拿银色锡纸包着的羊肉片。突然它似乎觉察到什么，脑袋转向大海。涨潮了，一个小男孩正在用沙锹建造沙城堡的围墙，朱尔顿时放弃觊觎已久的羊肉盛宴，朝男孩冲去，用后腿保卫他的建筑。

突然一阵狂风把孩子的帽子吹走了，朱尔冲进海浪里帮他去捡，它刚叼起帽子要还给主人的时候，那孩子跟着它走到了浪花中。孩子一下子在冰冷的海水中怔住了，不自主地晃动着肩膀和脑袋，随即直挺挺地面朝下倒在了水中，仿佛在水里砸了一个坑，他张嘴想要呼叫，叫声却淹没在水里。这个意想不到的状况激起了朱尔的使命感，它对着海滩方向大叫了起来，并冲向孩子，用背把水中抽搐的孩子拱起来，直到第三次才成功，把他推滚向沙滩。

“奥斯卡！”尖叫的嗓音传来。

一个女人带着两个孩子奔跑着赶过来，同时巡逻人员也来了，身后跟着那个刚刚摔倒、正蹒跚前行的男人。人们把孩子从朱尔身上挪走，狗龇牙咧嘴地吠叫起来，它不想和孩子分离，它想给他取暖。爱丽丝远远地叫着朱尔的名字赶过来，朱尔没有去迎接，一动不动地直到她走近。

我从来没想到第二次丢失朱尔让我感受到这般的幸福。这两天，朱尔恢复到原来的样子，温柔快乐，精准可靠，乐于助人。

看见它向小奥斯卡冲去真是太神奇了，一点都不夸张。我们的相伴又找回了舒服的感觉。它有种强烈的使命感，它的快乐建筑在不辱使命的满足之上。我想到以前母亲和我收养的小狗崽们，不管我们在不在，给它们吃什么东西，每周一次都迫不及待地去驯养学校。在接近退休的年纪，朱尔又显出了学徒时代的十足冲劲，一天天地进步着，让人再度向它的工作致敬。

“太不可思议了，”奥斯卡的爸爸跟我们说，“它能在危机发生前感觉到，它叫的方式很特别，像是一种编码，我们听到后就注意了，避免了伤害。”

我都不记得朱尔最近得到的赞扬了，这和它所受的教育无关。其实，帮助癫痫病人的工作犬的培训和导盲犬完全不同，这不是一种用不同规则应对各种情况的陪伴，而是对预见的问题做出警示行为并采取安全措施。法国癫痫研究会的网站给我发了一个加拿大的协会，是至今世界上唯一一家研究、培训、提供针对癫痫病人工作犬的机构。根据大部分专家的意见，对危急事件预见的能力是教不会的，只有百分之十的狗狗有这种与生俱来的禀赋，还需要几百个小时的培训让狗狗在各种情况下充分利用自己的天赋。朱尔，居然自发地把它照顾盲人的经验和技术成功地转化到了癫痫病人身上。它不仅能躺在孩子脚下保护守候他，还能在第一时间察觉到他发病时的抽搐，向大家发出警告。它就像个时刻保持警惕的守门员，随时准备用身体缓冲即将发生的摔倒。

不仅如此，它还能因地制宜地发出警告，它第三次预见小奥斯卡发病的时候，奥斯卡的爸爸给了它一块涂着橘子酱的饼干作为奖励。第二天，布尔丹一家在沙滩上悠然地玩着棋盘游戏，朱尔突然冲过去要橘子饼干吃，五分钟后，奥斯卡浑身痉挛倒在了一堆纸牌上。

从这天起，我的狗狗就被赋予了这项新的功能，它会在危机发生前讨要奖赏，对它而言，何尝不是个一举两得发出警告的方式。我知道朱尔有多狡猾，我几乎认为，有时候，它因为饼干的诱惑，吠叫会夸大病症的严重性。

几天过去了，事实居然像在证明我的想法错误似的，每次发病症状的轻重居然和朱尔事先讨要的奖励成反比。一旦朱尔发出发病预警，小男孩就会全神贯注抵制癫痫的侵袭，朱尔紧紧地挨着他，仿佛是通过空气渗透，传授给他一种呼吸法，或者说，是拉布拉多犬聚精会神的体贴缓解了孩子面对病发的惊恐。

我们每两天会跟布尔丹家吃一次晚饭，他们住在一个小巧的渔人房子里，在教堂旁边的胡同里。父亲在鱼市上班，母亲在厨房打电话推销安第列斯群岛的旅游行程。他们非常信任孜巴尔，孜巴尔跟他们说很多名人，如亚历山大大帝、恺撒大帝、陀斯妥耶夫斯基、福楼拜等，都患有癫痫症。渐渐地，他们就不再认为生到这样的病儿子是件倒霉的事，也不认为这是个可耻可笑的病了。

一周后我担忧的事情发生了：他们问我朱尔能不能和奥斯卡一起过夜。如今朱尔和他们在一起的时间已经超过对我们的陪伴了，它出现后，这孩子就没有发过很严重的病。后来已经没人特地给朱尔奖励了，朱尔会偷偷摸摸自己去饼干盒子里拿饼干来吃，避免造成虚假警报。它警惕的眼睛炯炯有神，鼻子不停地嗅着，从前的气场又回归了，它慢慢恢复到了原来的体重，皮毛的色泽也变好了。它和以前与我相伴时一样幸福，回到酒店，朱尔爱意满满地蹭了蹭我，跟我说对不起，然后沉沉地睡去，和奥斯卡在一起时，它精神高度集中，回到我们身边，它就养精蓄锐了。

我和孜巴尔的感情，也有了转机。自从争吵之后，我们已经从假期中忘乎所以的电光石火中走了出来，进入了共同面对繁杂生活、相濡以沫的阶段，这是唯一可以检验我们感情的方法，时间会揭晓，我们到底是一个夏天的闪电情人，还是坚不可摧的爱人。

除了洗澡和床上的缠绵，孜巴尔早上八点到中午、午觉后到晚餐都一个人窝在毛里斯的小阁楼里，细细斟酌他搞发明的科研材料，而我也利用这段时间，静静地在酒店里思量着电台的播放计划。这真像是柴米油盐过小日子的预告片，比平时夏季假期的快感强多了。独立工作的时间像调料似的，给我们肉体的享受增味了不少。朱尔也一样，它总是带着满满的幸福感回来找我们，它和新的小主人相处得很不错。

我真希望这个假期永远都不要结束，但是，八月十六日，酒店的电话把我们从睡梦中惊醒。

爱丽丝一言不发地把电话递给了我。

“是弗雷德找你。”

我坐在床沿拿起了听筒，电话线绕在了她的胸口处。为了尊重我的隐私，她起身走开了，去了她当成工作室的儿童房，还把隔板处的窗帘拉好了。

弗雷德开门见山地说：“最晚今晚回来，食物环境卫生署的人非常喜欢你的细菌感应研究，尤其是酸奶可以达到的抗肥胖功效。他们现在已经收到很多诉讼案说他们运用了布鲁塞尔已经禁止使用的活性物质，所以，他们打算买下你所有的专利，我已经跟他们谈好条件了，他们会给你一间独立的实验室，配有汽车和住房。你只需要在卢森堡或者拿骚注册一个公司，申请专利特权使用。我的律师会全权办理，你明早八点去找她处理这些行政工作。我会承担所有的费用，作为条件，你终生收益的百分之十五必须归我所有，我知道这很多，但是，这可没得商量。为了加强你的竞争力，你去我朋友阿迪松所在的卡那尔频道《你好地球人》那里报个到，你可以选一个特邀嘉宾和你一起去，你想选哪个？中午前必须给我答复。”

我被这一串好消息弄懵了，机械地回答：“艾丽安娜·德弗雷吉。我的母亲。”

“在你这个年纪，请妈妈来，显得有些俗气吧。你要怎么解释她的出席呢？我怎么跟电视台说呢？”

我简短谨慎地说：“她九月马上要出一本新书。”

“很好，看来你都听明白了。”她恭喜我说，“跟爱丽丝说她可以继续在那里晒晒太阳，之后的日子我不会让你有片刻的歇息，如果她要跟你回来，我也不反对，我会结账的。话说，你妈妈还真是不老传奇啊，她在维基百科上的照片是什么时候拍的？”

我立即微笑着跟她说：“她不是那种会被岁月弄得人老珠黄的女人。”

她挂了电话，让我坐第一班列车回巴黎。

我拉开爱丽丝正欲拉开的窗帘，逆光下她裸露着身体，欢笑地扑进我的怀里，她说她太为我高兴了。她不必听到刚刚那段关于终生收益的谈话，凭我的神情和她对弗雷德的了解，一定可以猜到八九不离十。她一边吻我的脖子，一边低声说：“如果这项计划很宏伟，那最关键的莫过于我对你的坚持了。”

我不太懂这句话的意思，感觉自己像她们棋盘上的棋子，我先是作为纽带连接了朱尔和爱丽丝，然后她们用事业上的突飞猛进来犒劳我。

“你想说的是，如果弗雷德没有为我的细菌如此辛勤地东奔西走，你就不那么爱我了吗？”

她对我透彻的解析笑了笑，低下身子，爱抚地吮吻着我，消除了可能产生的误会。马上，她脑袋从被单里钻了出来。

“亲爱的，那我们把朱尔怎么办呢？”

我说了她可能最期待的答案：让朱尔自己选择。我们不能硬把它从它照顾的小朋友那里拉走，我知道，如果它想要回到我们身边，对它来说是毫无困难的。

他们坚持用旧标致车把我们送到了火车站。对我们感激涕零，这不是诀别，不是馈赠，也不是借贷，而是把朱尔寄放在他们那里，做他们的卫士。他们保证说，我们随时可以回来，他们家就是我们的第二个家，他们会为我们收拾一下顶楼的房间专门留给我们住。朱尔表现得挺快乐的，它认可了这个现状，令我们微微有些失落，朱尔像长大成人可以独立生活的孩子，来安慰我们，让我们宽心，然而，独立是必须的。

一辆警车紧挨着我们开着，我们只能在反光镜里望着朱尔和小奥斯卡渐渐地被抛在车后，我们停止了挥手告别。爱丽丝想要点支烟，我握住了她的打火机，她伤心地跟我说："我看不见它了。"她的眼睛被泪水模糊了，她补充说，"它是我唯一的慰藉，如今，它抛弃了我。"

我紧紧地把她搂在身边。我差点想发问她想不想要一个新的伴侣，但是没问，我知道她会说，没有一条狗可以替代朱尔。顿时，我心中升起了另一个勇敢的想法，闭上眼睛，坚定清晰地说："我想要跟你生一个宝宝。"

她转过头一脸惊诧地看着我，眼睛里饱含强大的希望、真切的担忧，甚至有点责备——我的话已经远远超越了她的所思所想。她把头轻轻地靠在我的肩膀上，让这片刻的沉默显得不那么尴尬。我看着朱尔的新家庭消失在桥的尽头，我唯一可以补充说的是：“毕竟宝宝已经有教父了。”

作者的话

导盲犬一直是我生活中很感兴趣的题材之一。我十二岁时在它们训练场玩耍，第一次接触到了它们。感谢我的父亲和他那些波里奥·维尔弗朗市狮子国际会的朋友成就了我这个难忘的经历，也要感谢记者索菲·马西奥，二〇一四年五月的某一天，与她和她的导盲犬鹏哥（就在它退休前）的相遇，让我决定写下这本心中酝酿已久的小说。

我还必须感谢我的眼科医生朋友马克·斯皮拉，他仔细阅读审核了我小说中关于眼科知识的内容。

小说里的那些不可思议的事情未必是我的想象。比如，孜巴尔·德弗雷吉拥有的“可萃取植物”的专利，在现实中，是艾瑞克·龚吉尔和弗雷德瑞克·布尔高，以及约翰保尔·

费福尔在一家叫高级植物技术的公司里一起研发的。同样，猪粪里的抗污染成分是Nitracure公司的产品，酸奶实验是克里夫·巴克斯特的创举，细菌养殖是约翰·克莱格·凡客的理论。

孜巴尔小说里的命运，和穆汉德·阿斯特拉，出生在叙利亚的工业巨头有些许相似，我很高兴可以把贝都因的基因揉进这个人物，他是KBL银行委员会主席，荣获了二〇一四年企业家大奖。

同时，我还是法国癫痫研究会的赞助人，不懈努力地筹集驯养工作犬的基金。如今，五十万法国人，其中有十万孩童，依然忍受着癫痫病的困扰，而这个病至今还没有任何来自社保机构的补助。

著作权合同登记图字：01—2016—2683

图书在版编目(CIP)数据

我的导盲犬朱尔／（法）迪迪尔·范·考韦拉尔特著；李珂译.
—北京：新星出版社，2017.7
ISBN 978—7—5133—2404—5

Ⅰ. ①我… Ⅱ. ①迪… ②李… Ⅲ. ①长篇小说—法
国—现代 Ⅳ. ①I565.45

中国版本图书馆CIP数据核字(2017)第090046号

我的导盲犬朱尔
[法]迪迪尔·范·考韦拉尔特 著
李珂 译

责任编辑 汪 欣
特邀编辑 李佳婕 刘文茵
责任印制 史广宜
装帧设计 魔都鼠兔
内文制作 田晓波

出　　版 新星出版社 www.newstarpress.com
出 版 人 谢 刚
社　　址 北京市西城区车公庄大街丙3号楼 邮编 100044
　　　　 电话 (010)88310888 传真 (010)65270449
发　　行 新经典发行有限公司
　　　　 电话 (010)68423599 邮箱 editor@readinglife.com
印　　刷 北京天宇万达印刷有限公司
开　　本 787mm×1092mm 1/32
印　　张 7.5
字　　数 84千字
版　　次 2017年7月第1版
印　　次 2017年7月第1次印刷
书　　号 ISBN 978—7—5133—2404—5
定　　价 39.50元